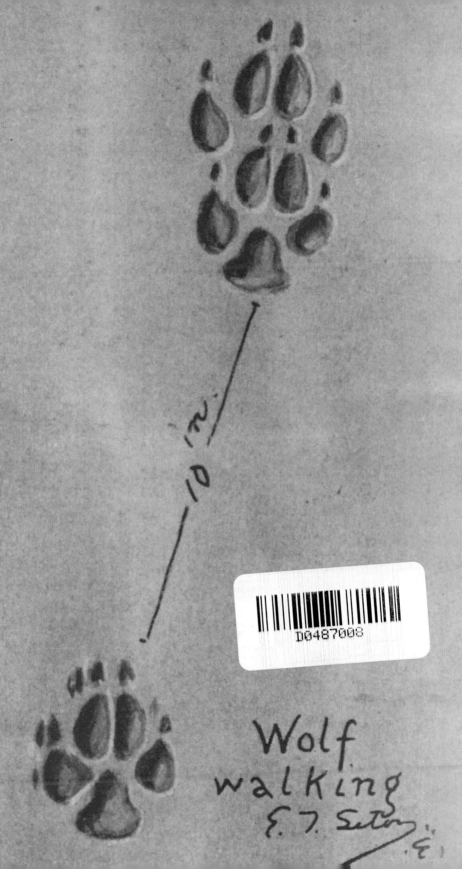

10 in.

Wolf
walking

E. T. Seton

La collection
ROMANICHELS
est dirigée par
André Vanasse

Du même auteur

Récits et actions. Pour une théorie de la lecture, Longueuil, Le Préambule, coll. « L'Univers des discours », 1990.
À l'écoute de la lecture, Montréal, VLB éditeur, coll. « Essais critiques », 1993.
Lecture littéraire et explorations en littérature américaine, Montréal, XYZ éditeur, coll. « Théorie et littérature », 1998.
Tessons, Montréal, XYZ éditeur, coll. « Romanichels », 1998.

Oslo

La publication de cet ouvrage a été rendue possible grâce à l'aide financière du ministère des Communications du Canada, du Conseil des Arts du Canada, du ministère de la Culture et des Communications du Québec et de la Société de développement des entreprises culturelles.

et

Bertrand Gervais

Dépôt légal : 3e trimestre 1999
Bibliothèque nationale du Canada
Bibliothèque nationale du Québec
ISBN 2-89261-265-9

Distribution en librairie :
Dimedia inc.
539, boulevard Lebeau
Ville Saint-Laurent (Québec)
H4N 1S2
Téléphone : 514.336.39.41
Télécopieur : 514.331.39.16

Conception typographique et montage : Édiscript enr.
Maquette de la couverture : Zirval Design
Illustration de la couverture : Art mural, Salvador, Brésil, 1999
Photographie de la couverture : Bertrand Gervais
Illustration des pages de garde : Esquisses de E. T. Seton,
publiées par la National Geographic Society, 1918.
Photographie de l'auteur : Laetitia de Coninck

Bertrand Gervais

Oslo

roman

XYZ
éditeur

Romanichels

À Jean-Louis, mon père,
et à Michelle

La tonalité de la voix est sous la tonalité du rein.

HENRI AUBENQUE

Un fils. Qu'est-ce qui pousse un homme à le devenir ? À le rester ? J'ai longtemps pensé qu'il suffisait de fermer les yeux pour effacer le passé. Je marchais comme un somnambule, les bras rigides le long du corps. Mais on ne peut réprimer indéfiniment ce qui gronde en nous. Les histoires de pères ne se laissent pas aisément négliger. Je l'ai appris à mon corps défendant.

Denver avait été un enfer et je me suis enfui. J'avais passé mon adolescence dans des cabinets de médecins à soigner une allergie qui n'avait fait qu'empirer. Mes seuls compagnons étaient les livres et ces cahiers que je remplissais d'une écriture noire et agitée. Le lendemain de mes dix-huit ans, je suis parti, laissant ma grand-mère à ses silences amers. Je voulais écrire et j'ai senti que, pour y parvenir, il me fallait mettre de la distance entre mes souvenirs et mes brouillons, entre ma vie et mon passé.

Je suis monté, à l'aube, dans le premier autobus. La veille, j'avais tout brûlé dans une poubelle rouillée, mes cahiers de notes, des vêtements usés, une liasse de lettres jamais décachetées, les draps de mon enfance. L'odeur avait été atroce, un mélange d'ammoniac et de suie. C'était l'encre qui se consumait. Le bleu des flammes, les volutes de fumée, les craquements emmêlés m'avaient rappelé ces feux que nous allumions, Oslo et moi, l'été, après avoir longtemps traîné sur la voie ferrée aux abords de la ville. Nous nous étendions sur l'herbe, la tête sur des roches, et nous rêvions à de lointaines destinées, Persée et la tête de la Méduse, Thésée et le Minotaure. Le ciel n'était pas assez vaste pour contenir nos périples inventés.

J'avais une carte de l'Amérique du Nord et j'ai vite adopté Montréal comme destination. Je traverserais une frontière et, surtout, je récupérerais une langue paternelle, enfouie dans les cendres de mon passé. Je ne sais plus combien de temps a duré le trajet, combien d'escales il a fallu faire, les repas humides dans des terminus de fortune, les banquettes déchirées, le café dilué, un intraitable tour de reins, l'odeur de tabac imprégnée dans les tentures, les nuits passées sur des bancs de plastique dans des salles fétides, les mendiants excités par mes valises éparpillées, les centres-villes empoussiérés, mais en posant le pied sur le sol de Montréal, en écoutant mes premiers mots de français, mes premières phrases étrangères, une musique que je ne connaissais pas, je me suis senti purifié. Je serais ici chez moi.

J'habite maintenant près du parc La Fontaine. Rue Rachel, entre Boyer et de Mentana. Du côté nord. En fait, je suis l'unique locataire du Palais des nains.

Je suis arrivé au Palais des nains par hasard, après une balade qui m'avait fait oublier mes tracas. Je logeais à ce moment-là rue Chambord, près d'une école, et je partais souvent en fin d'après-midi, avant la sortie des enfants. Ils se tiennent en meute dans la cour et leurs hurlements m'empêchent de travailler. Je me rendais rue Saint-Denis et j'ai aperçu cette étrange maison avec ses deux statues de lion en pierre grise et son auvent aux couleurs délavées. Près de la porte, une pancarte vieillotte annonçait :

Bienvenue au
PALAIS DES NAINS
Welcome

3,00 $

Entrez au palais du
Roi NŒSSOS

Visitez le musée
Guide sur demande
Souvenirs

*L'Hôpital des poupées est ouvert de
9 h à 5 h, du lundi au vendredi.*

Je n'avais pu résister à la tentation d'y entrer. La porte était lourde et grinçante. Il n'y avait personne dans l'atelier qui devait être l'Hôpital des poupées, avec ses étagères pleines de figurines aux corps disloqués. De petits mannequins au ventre ouvert et à la culotte déchirée étaient entassés auprès d'ours en peluche éborgnés et de chats sans museau. Des Barbies multicolores reposaient dans des boîtes noires, leurs membres défaits. Un véritable capharnaüm. Sur une table basse trônait une vieille machine à coudre, entourée de bobines de fil multicolore, de nombreux ciseaux, de lanières de cuir, de boîtes à biscuits en métal remplies de boutons et de tissus. Je me suis avancé et mes pas ont laissé des traces sur le sol. L'atelier me semblait à l'abandon, avec ses chaises grises de poussière, ses revues démodées, l'odeur d'huile rance qui se dégageait de la machine. J'ai entendu du bruit et me suis retourné. C'était la reine des nains. Elle m'arrivait à la taille. Je me suis empressé de dire que je n'étais pas venu pour l'Hôpital mais pour le Palais. Je voulais le visiter. Elle s'est mise à rire, puis elle a saisi un rouleau de tickets et m'en a détaché un. J'ai payé les trois dollars. Elle est sortie s'asseoir sur les marches.

On commençait la visite dans un long couloir. Sur les murs, des photographies encadrées, des coupures de presse datant des années soixante, des lettres de félicitations écrites par des dignitaires et adressées au roi et à la reine des nains, Charles et Paisley Nœssos. Les photographies les représentaient en habits de cérémonie, le jour de leur intronisation. Le roi ne mesurait pas quatre pieds et la reine était plus petite encore. Ils avaient longtemps travaillé au parc Belmont et dans des foires itinérantes. On les voyait en tournée, accompagnés de clowns et de géants, de femmes en costume de trapéziste, de dompteurs. Une photographie avait été prise au Jardin des merveilles du parc La Fontaine, devant la cage des loups. Une autre, à l'entrée du Musée de cire, face à l'oratoire Saint-Joseph. Au milieu du couloir, un écrin de velours bleu protégeait une couronne ornée d'un diamant finement taillé. Un projecteur dirigeait son faisceau sur la pierre qui brillait de reflets irisés.

Tout dans cette maison avait été conçu pour des nains, depuis la table et les chaises jusqu'au comptoir de la cuisine et aux appareils électroménagers. Le lavabo de la salle de bains était presque au ras du sol et le siège des toilettes était un modèle réduit. Les commutateurs étaient à deux pieds et demi du sol, le garde-manger s'étirait en longueur, le lit royal était un carré de draps et de couvertures. Avec mes six pieds bien comptés, j'étais un géant sorti d'un conte de fées, dont les membres pouvaient à tout instant répandre le chaos. Je passais d'une pièce à l'autre et devais me pencher pour admirer la délicatesse des objets exposés. Petites assiettes, minuscules tasses, ustensiles d'enfant.

Je devenais un voyeur. La vaisselle du midi n'était pas lavée, des vêtements traînaient autour du panier à linge sale. Le robinet de là baignoire coulait et l'eau avait déjà commencé à tacher la porcelaine. La vie quotidienne des Nœssos faisait partie de l'exposition, un peu comme dans un cirque. Non, plutôt comme dans un film sur le cirque, de ces vieux films des années cinquante, en noir et blanc, que j'écoutais avec Oslo et qui montraient les malheurs et les péripéties d'une troupe ambulante, avec ses athlètes, ses animaux et une ribambelle de nains. Il y avait toujours, dans ces films, un géant triste mais dévoué, une acrobate orpheline qui s'amourachait du jeune révolté de la troupe, un singe sympathique et un propriétaire mesquin. Le Palais des nains éveillait des souvenirs de jeunesse. Il me donnait l'envie de me mettre à écrire.

Une pièce de la maison, pourtant, était fermée, la dernière au fond, qui donnait sur la ruelle. Elle ne devait pas faire partie du musée, mais j'y suis entré tout de même. Et, à ma grande surprise, j'ai trouvé une chambre de jeune fille, avec du jaune sur les murs, des toutous intacts à la tête du lit, un bureau d'étudiante plein de livres et de cahiers, des colliers accrochés à la lampe de chevet, une bibliothèque. Tout y était de dimensions normales.

— C'est la chambre de notre fille, Jeanne. Elle revient bientôt de l'école. Mais elle n'aime pas qu'on touche à ses affaires.

La reine des nains. Je ne l'avais pas entendue s'approcher. L'étonnement, parfois, rend sourd. J'avais même saisi une chemise verte à col anglais, dont je tâtais le tissu du bout des doigts. Du lycra. Je l'ai déposée sur la chaise, sans rien dire.

— Les nains n'enfantent pas toujours des nains. Jeanne a été épargnée.

Pris au dépourvu, j'ai voulu m'esquiver et j'ai fait un geste de la main, du côté du couloir. Le Palais était un hommage au Royaume du roi des nains. Je n'avais fait que jouer le jeu. La reine a soupiré, avant de s'asseoir sur le lit de sa fille.

— Ç'a été notre erreur. On n'aurait jamais dû ouvrir ce Palais… Bientôt, ce sera fini. Nous partons. Jeanne ne veut plus vivre dans cette maison. Elle s'y sent à l'étroit. Et le Royaume n'a jamais été pour elle qu'une chimère.

Autrefois, m'a raconté la reine, les touristes venaient en autobus visiter le parc La Fontaine, le Jardin des merveilles et le Palais des nains. Ils arrivaient le matin et ne repartaient qu'à la nuit tombante, après avoir dépensé leur argent. Des familles entières venaient des quartiers ouvriers à la recherche d'exotisme. Mais les temps avaient bien changé. Plus personne ne se déplaçait pour faire du pédalo sur les étangs du parc. Plus personne ne s'émerveillait d'un palais lilliputien. Le Jardin avait dû fermer ses portes pour des raisons d'hygiène et l'Hôpital des poupées ne couvrait plus ses frais. Les gens déposaient leurs jouets brisés, mais ils ne venaient plus les réclamer. Les étagères étaient pleines de ces pensionnaires abandonnés qu'elle avait décidé de ne pas soigner.

— Vous quittez le Palais ?

— Vous êtes le premier visiteur en un mois ! Nous avons trouvé un appartement près de la rivière des Prairies. Jeanne ira à l'école là-bas. Personne ne la connaît, on ne la traitera plus de tous les noms.

— Et qui vous remplacera ?

— Nous remplacer… Nous fermons le Palais, avant de faire faillite. Le Royaume des nains a cessé d'intéresser les gens, même les enfants.

— Et qui habitera les lieux ?

— Personne. Il faudra, après le déménagement, refaire l'appartement, le réaménager pour des grandes personnes, remonter les lavabos, les toilettes. Enfin, vous avez vu nos installations, elles ne sont pas conformes aux normes municipales.

— D'autres nains pourraient le louer.

— Nous n'en connaissons même pas. Tous nos amis sont grands. Et qui voudrait loger dans un tel appartement ? Vous voyez bien, il faudra tout refaire.

— Et si je le louais, l'appartement ?

❏

Je suis devenu, deux semaines plus tard, le locataire du Palais des nains. J'ai refusé qu'on touche à quoi que ce soit et j'ai même demandé qu'il me soit loué meublé. Je voulais conserver l'appartement tel quel, avec son Hôpital des poupées, son ameublement vétuste et sa batterie de cuisine miniaturisée. C'était essentiel à mes projets d'écriture.

Au début, la reine Paisley accompagnée de son mari, le roi Charles, venaient tous les mois chercher le chèque de loyer, vérifier l'état des lieux et tenter de me faire parler. Je devais les inquiéter, alimenter leurs conversations. Je le voyais aux regards qu'ils posaient sur moi. Pourquoi un géant choisit-il de vivre dans un espace aussi réduit ? Que fuit-il pour se réfugier dans un musée délabré ? Comme je n'avais aucune réponse, je me contentais d'être poli et de les suivre dans leur ronde. Ils faisaient le tour de l'appartement, inspectaient les tableaux et les boiseries, la salle de bains, et ils repartaient satisfaits, quoique toujours intrigués. Ils ont fini par se lasser du manège et m'ont demandé de leur poster les chèques, me téléphonant simplement pour prendre des nouvelles. Les Nœssos avaient emporté le seul objet de valeur du Palais, la couronne, qui avait été remplacée dans l'écrin par une photographie en couleurs. Cela faisait de moi une sorte de roi déchu, un souverain de pacotille, sans royaume, sans sujets.

J'ai appris rapidement à vivre près du sol, à me servir de la cuisinière et de la laveuse. J'ai dû me réaccoutumer à tous les gestes de la vie quotidienne, m'habituer à manger à une table basse, assis sur des chaises miniatures, à faire la vaisselle à genoux, à prendre ma douche dans la position du lotus, à me pencher à tout moment. Pour dormir et écrire par contre, je n'ai eu d'autre choix que d'emménager dans la chambre de Jeanne. J'avais commencé par m'étendre sur la couche des Nœssos dans la chambre des maîtres, mais on aurait dit le lit de Procuste, et j'ai craint qu'au milieu de la nuit on ne me coupe les bouts qui dépassaient. Le lit simple de Jeanne était étroit, mais au moins je ne m'y sentais pas ridicule. J'aimais bien de plus son bureau d'écolière, avec ses tiroirs sur le côté droit, ses vieilles marques de crayon, son vécu. Les premiers mois, je m'y installais avec enthousiasme. J'ouvrais mes grands cahiers et je m'appliquais à rédiger des phrases avec de belles lettres détachées, des voyelles bien rondes, des consonnes harmonieuses, des espaces réguliers entre chaque mot, une ponctuation claire et précise. Je croyais qu'il suffisait d'habiter le Palais, ce lieu étrange et enchanteur, pour que l'inspiration fuse comme d'une source. Mais rien n'y faisait. J'avais beau remplir des pages et des pages de cahiers, je ne parvenais pas à me détacher de mes souvenirs, qui transformaient mes brouillons en une interminable confession. Je continuais à tourner en rond.

Pour m'occuper et habiter pleinement le Palais, j'ai commencé à réparer les poupées délaissées par leurs parents. La reine des nains ne m'avait rien demandé, je l'ai fait de gaieté de cœur. J'avais voulu être médecin, au début de l'adolescence, quand s'étaient déclarées mes allergies à la peau et aux contacts physiques, et m'occuper de l'Hôpital des poupées répondait à ce vieux rêve.

Je n'avais aucune difficulté à manipuler les plastiques et tissus synthétiques dont les petits malades étaient constitués, j'ai donc passé quelque temps à remettre des bras et des jambes à leur place, à remplacer des yeux, à recoller des perruques. J'ai même fait un peu de couture, utilisant la vieille machine à coudre pour rajuster des vestes, des jupes, des chemisiers ornés de dentelle. La reine n'avait pas menti, elle en avait des boîtes pleines de ces orphelines démembrées que plus personne ne désirait, des fées, des sirènes, des princesses en costume de bal. Grâce à mes bons soins, les étagères se sont remplies de ces patientes maintenant guéries qui n'attendaient plus que le retour d'un père pour reprendre vie. Leurs espoirs avaient un arrière-goût d'huile rance et le regard de toutes ces têtes, frêles et mélancoliques, a fini par me donner le cafard. Je ne supportais plus de me sentir épié dans mes moindres mouvements et j'ai abandonné ma pratique. J'ai déserté l'Hôpital.

Au matin, en me réveillant, surtout les premiers temps, je croyais vivre dans un conte de fées. Un mythe devenu réalité. Un univers d'enfants avec des meubles faits pour des lutins, une chambre aux murs jaunes, les insignes d'une royauté malgré tout fabuleuse. Je jouais au roi, au prince, je sauvais des dames en détresse, j'allais à la rescousse de mon fidèle ami disparu depuis des lustres. Je menais une vie de rêve. Il a fallu que mon passé me rattrape et qu'il me frappe à nouveau. On n'écarte pas impunément ce qui demande à être entendu. Et le conte a basculé du côté du cauchemar.

Les reins, m'ont dit les docteurs, ne s'arrêtent pas de fonctionner du jour au lendemain. Il y a des symptômes, des signes précurseurs. Souffrir d'hypertension, par exemple, ou avoir des problèmes gastro-intestinaux, des crampes, de l'urine dans le sang, une bouche pâteuse, des moments de faiblesse. Une néphrite chronique laisse des traces. On m'a demandé pourquoi je n'avais pas consulté un médecin plus tôt et j'ai dû répondre que j'avais été trop occupé. J'avais un Palais à habiter, des choses à découvrir, des textes à rédiger. À vingt-deux ans, on ne pense pas à la maladie, à ses organes et à leurs dérangements. Même si on se dit que la vie n'est pas un paysage idyllique, qu'elle ressemble même plutôt à ces terrains abandonnés de Denver, faits de pierres et de blocs de ciment brisés, de morceaux d'asphalte, de briques, de déchets et de mauvaises herbes, ce n'est pas une raison pour tout arrêter et se tâter le bas du ventre. On m'a traité d'irresponsable.

La maladie m'avait, en fait, pris par surprise. J'avais eu des symptômes, mais je ne m'en étais pas préoccupé. Je me souviens d'indigestions qui m'avaient laissé l'estomac barbouillé. J'avais parfois une urine nauséabonde, des maux de tête violents, de la difficulté à réfléchir et à penser de manière cohérente. Mais en déduire que mes reins étaient à bout de souffle, qu'ils peinaient à la tâche…

J'aurais dû faire attention. Aujourd'hui, je suis prisonnier de mon corps, de ces reins qui ne fonctionnent plus et qui se recroquevillent irrémédiablement. Je prends chaque jour une myriade de médicaments, pour contrôler mon hypertension, pour réduire l'accumulation de fluides dans mon abdomen, pour combattre mes migraines. Et je passe tout mon temps en dialyse, à purifier mon sang des impuretés qui s'accumulent, à évacuer artificiellement ce qui ne se fait plus naturellement. Trois fois par semaine, à l'hôpital Notre-Dame, je me plante des aiguilles dans les bras et je m'étends à côté d'immenses machines pleines de cadrans et de manettes, qui pompent mon sang et le vident de tous ces déchets qu'il contient. J'ai de la difficulté à regarder ces machines. Elles me tiennent en vie et, pourtant, je ne peux pas les examiner de face. L'infirmière m'aide à me brancher, elle règle le débit et me laisse revenir à la vie. Je passe trois heures attaché à ma machine, mon sang prend tout ce temps pour retrouver un état satisfaisant. Quand je quitte l'hôpital, chaque fois, je voudrais que ce soit pour toujours, mais dès le lendemain je me sens faiblir et je me mets à attendre le moment où j'y retournerai. Le personnel de l'hôpital est gentil, les autres patients sont aimables, mais je reste dans mon coin. Je m'apporte un cahier, que je ne parviens pas à remplir, mais qui me donne un air occupé. Il m'épargne des discussions interminables sur la malchance qui nous frappe. Et puis, j'ai besoin que mes yeux se posent sur du papier. Cela me réconforte de savoir que je pourrais coucher des mots sur une page, que je pourrais toujours, si j'en avais le courage, la remplir de phrases, pures et oxygénées, libres de toute attache, autonomes. J'aime qu'il y ait quelque chose au delà de la machine et de son ronronnement si particulier. Je reste immobile, les bras rigides le long du corps, à attendre que la séance soit terminée, et la seule présence de mon cahier me rassure. Elle me fait rêver.

Le parc La Fontaine. Je le connais bien, je pourrais y retrouver ma route les yeux fermés. Le premier été, le Jardin des merveilles était encore ouvert, avec ses animaux usés, ses allées à l'asphalte lézardée et ses tables à pique-nique défraîchies. Depuis, il a cédé la place à une grande allée et à un belvédère. Une statue de Félix Leclerc a été érigée. Un Moïse québécois, un père de glaise et de bronze. Des arbres ont été plantés pour remplacer les anciennes structures de bois et de pierre, les kiosques, les postes d'observation étriqués. Il ne reste plus rien de cette odeur forte et âcre que sécrétaient les reptiles, les paons et tous ces mammifères qui avaient séché au soleil. Il y avait des loups aussi, un mâle et trois femelles qui me donnaient la chair de poule. Ils vivaient dans une cage trop étroite qui les forçait à tourner en rond et à se replier dans une niche au grillage rouillé. La nuit, en réponse aux sirènes des camions de pompiers, ils hurlaient. J'en perdais le sommeil. Une palissade donnait aux lieux l'allure d'un fort ou d'un campement indien. Quelque chose d'immémorial.

La première fois que j'ai traversé le parc, j'ai su que je ne m'en éloignerais pas tant que je vivrais à Montréal. Et maintenant que je n'ai rien d'autre à faire de mes jours que de subir ces traitements qui me tiennent en vie, je le parcours de long en large. Je choisis mes itinéraires en fonction du temps que j'ai à perdre. Je le traverse en passant par les étangs, puis par les terrains de baseball et de tennis, ou j'emprunte les allées fréquentées par les patineurs et les cyclistes. Je ne nourris pas les écureuils, je fais fuir les pigeons et je me tiens à l'écart des chiens. Je m'arrête pour regarder les enfants sur les balançoires et de vagues souvenirs croisent mon regard. Dans l'air raréfié de Denver, on croyait pouvoir rejoindre le soleil, nos cuisses serrées par l'effort, nos mains nouées aux chaînes métalliques, le blanc des yeux frappé par le vent. Nous poussions, Oslo et moi, de toutes nos forces jusqu'à toucher le ciel bleu de nos pieds.

Je suis libre d'aller où bon me semble, pourtant mes pas m'entraînent toujours au même banc, dans l'allée qui mène à la rue Papineau. William y est assis, les jambes écartées, les pieds enflés et le dos légèrement voûté. Ses mains sont osseuses, ses doigts sont tachés par la nicotine et un léger tremblement secoue les cigarettes qu'il porte à ses lèvres. Dans le calme des fins d'après-midi d'été, nous regardons les passants qui empruntent l'allée, les dames à la retraite, les jeunes en patins à roues alignées.

Nous discutons de tout et de rien. Il me demandait, les premiers temps, de lui décrire ma vie au Colorado. Il voulait que je lui raconte des randonnées dans les montagnes, des expéditions en canot et des après-midi de pêche. Il imaginait une adolescence d'hébertisme et de plein air. Mais ma vie au Colorado n'a rien eu d'un western hollywoodien. J'ai grandi en banlieue de Denver, sans me rendre plus loin que Littleton, cité-dortoir sans intérêt, et j'ai toujours préféré les allées d'une bibliothèque aux sentiers forestiers. Je ne suis jamais monté à cheval, je n'ai jamais tenu une carabine dans mes mains. Pour ne pas le décevoir, j'ai lu des romans de Louis L'Amour et de Zane Grey, des nouvelles de Jack London, et je m'en suis inspiré pour raconter mes aventures. J'ai ainsi passé des après-midi à lui décrire une vie inventée de toutes pièces. William se doutait bien de quelque chose, mais comme il aimait le son de ma voix, mon accent, ma façon particulière de marteler les mots, il m'écoutait en silence. Nous étions de connivence.

Il faut dire qu'à soixante-six ans il n'est jamais allé plus loin qu'au New Jersey. Il ne connaît les Rocheuses que par la télévision, des documentaires sur les geysers du parc Yellowstone et sur le Grand Canyon. Des images saisissantes mais irréelles. Mes récits lui redonnent le goût des grands espaces, lui qui ne peut même plus dépasser les limites du parc. Car sa santé est fragile. Ses jambes, surtout, le font souffrir. Il a subi un pontage, après une thrombophlébite, mais ses artères sont restées en partie bouchées. Ses mollets sont enflés et ses chevilles violacées entrent à peine dans des bottines aux lacets défaits. C'est un homme aux pieds bleus.

Peu de temps après son opération, William pouvait se rendre à la rue Rachel et même revenir à pied, en coupant par le parc. Il marchait jusqu'aux terrains de tennis, de l'autre côté de l'avenue Émile-Duployé. Puis, graduellement, sa condition s'est détériorée, ses artères ont recommencé à se rétrécir et son rayon d'action s'est réduit au troisième banc de l'allée.

J'ai longtemps pensé, en le regardant, que la misère devait ressembler à cette vieillesse solitaire. William est sans argent ni famille, sans autre interlocuteur que des compagnons de fortune qui partagent les mêmes bancs et les mêmes sentiers, des flâneurs sans itinéraire ni domicile fixe. Puis, je me suis aperçu qu'il y avait dans son rapport au parc une forme de liberté que je n'avais jamais envisagée, que le parc La Fontaine n'était pas simplement un espace de transition, un terrain de jeu et de repos, un coin de verdure, mais un lieu plein, avec ses drames et ses bonheurs. Je l'ai compris quand mes traitements ont commencé et que, du jour au lendemain, j'ai dû apprendre moi aussi à l'habiter.

Je suis devenu à mon tour un habitué du parc.
Promeneur assidu qui arpente ses allées d'un pas lent et
méthodique. Observateur distant qui termine invariable-
ment ses randonnées sur un banc aux côtés d'un vieil
homme chétif. Quand je commence ma balade le long du
premier étang, je me dis que je peux aller n'importe où, que
je peux faire ce que je veux, tant que je ne m'essouffle pas
trop ; mais, dès que mes bras deviennent lourds et que mes
jambes font de moi une chiffe molle, je me décourage et me
dis que William est sur son banc. J'y arrive essoufflé,
étourdi par l'effort. Son accueil me redonne vie. À son contact, je me purifie. Mes regrets se dissipent et je retrouve
une innocence que j'ai perdue trop tôt.

❏

William, je l'avais négligé ces deux dernières semaines.
Je m'étais fait rare, depuis mon empoisonnement. J'étais
resté au Palais, entre deux dialyses, à lire de vieux romans
policiers et à tenter de mettre de l'ordre dans mes idées. Je
me sentais confus et coupable. J'évitais le parc, le regard
pénétrant de William, ces moments de silence qui incitent
aux confidences. Ma vie ressemblait à un brouillon que je ne
parvenais pas à transcrire. Il devait y avoir une leçon à tirer
de ce que j'avais subi, mais elle m'échappait dans la confu-
sion des derniers événements. J'hésitais entre fuir et me
tapir. Cela me rendait asocial. Sauvage.

Moi qui ne mets jamais le nez dehors, la nuit tombée,
j'étais pourtant ce soir-là sur les sentiers du parc La
Fontaine. Je déambulais d'un pas inquiet, distrait par tous
ces souvenirs qui refluaient. Si la machine à dialyse de
l'hôpital avait pu nettoyer les pensées comme elle purifie
mon sang, si elle avait pu les passer au tamis et éliminer
tous les grumeaux qui alourdissent ma mémoire, je me

serais branché indéfiniment. Mais l'esprit résiste aux lavages et, fébrile, je m'étais enfui de chez moi.

La journée avait pourtant bien commencé. À l'hôpital, les infirmières m'avaient félicité. J'avais récupéré mon retard, mon empoisonnement était chose du passé. J'avais souri, malgré moi. Il faut dire que j'avais mis les bouchées doubles pour me remettre d'aplomb. J'étais calme et serein. Cela n'a pas duré. J'ai ramassé sur la vieille pile de revues un numéro du *National Enquirer* et l'article que j'y ai lu m'a fait perdre l'équilibre. Un voile noir a obscurci mon regard, comme si j'avais été projeté en bas d'une falaise, mon corps déchiqueté par les roches et les marées.

« Père mordu par son enfant-loup », titrait la revue. Et l'article racontait un cas de lycanthropie effarant où une jeune enfant, Kristine Ambrosia, avait mordu son propre père au cours d'une crise. Une photographie la montrait à quatre pattes, le dos étrangement plié vers le bas, les genoux tordus. Sa gueule était ouverte et ses yeux rouges. Des modifications physiques sont perceptibles pendant la crise, ai-je pu lire dans l'article, un étirement du cou et de la mâchoire. Son père s'était approché et l'enfant-loup avait pris une bouchée de son mollet. La scène était décrite en détail, jusqu'au bâton utilisé pour la forcer à lâcher prise.

Mon sang s'est glacé d'un coup. Et je suis parti précipitamment, pour retourner au Palais, bouleversé par l'existence de tels monstres, des enfants devenus loups, des êtres doubles et féroces. J'ai une grande peur des loups. Ils font sentir leur présence quand mon passé revient me hanter. Je les entends hurler au loin et les vois s'abattre sur un corps pour en déchirer la peau, en lacérer les muscles et arracher de leurs canines la viande qu'ils s'empressent d'avaler. Ces images me grugent de l'intérieur et me laissent pantelant. Je tente, tant bien que mal, de les exorciser, mais elles résistent à tous mes traitements. Seule la marche atténue mon trouble, le battement régulier de mon pouls, le bruit de mes pas sur le ciment. Aussi, après avoir tourné en rond de longues heures dans mon Palais, incapable de retrouver mon équilibre, je suis ressorti me promener au parc, malgré l'heure indue et mes appréhensions.

Le vent était tombé, il allait faire chaud toute la nuit. Je me tenais au centre des allées, aux aguets. Comme je débouchais sur le pont qui sépare les deux étangs, j'ai entendu crier mon nom. Par deux fois. C'était Marianne. Elle devait avoir couru, ses cheveux étaient ébouriffés et sa camisole trempée. Ses mouvements trahissaient une fébrilité inhabituelle chez elle. D'un geste de la main, elle a ramené quelques mèches vers l'arrière, dégageant ses oreilles percées d'une kyrielle d'anneaux. Elle était belle et pâle sous le réverbère.

On entendait au loin une sirène de police, les cris des jeunes près des terrains de tennis, des bribes de conversations. J'ai sorti un briquet de ma poche et me suis allumé une cigarette. Je lui en ai offert une.

Marianne s'est confiée de façon précipitée. Surprise, elle ne s'attendait pas à me trouver là, à cette heure du soir. Elle était partie chercher du renfort. N'importe qui. Quelqu'un qui pourrait l'aider. Elle ne savait plus quoi dire. Quoi faire. C'était William…

Et sans autre explication, elle m'a pris par le bras. Sa main sur ma peau, ses ongles enfoncés dans ma chair, elle m'a guidé à travers le parc. Cette soudaine familiarité était insolite. Elle préférait d'ordinaire rester en retrait. Je m'étais même persuadé qu'elle craignait la maladie et les malades, et que sa méfiance à mon égard venait de mes reins rabougris et de mes avant-bras cicatrisés. Les dialyses laissent des traces peu avenantes. Mais dans l'urgence, plus rien de cette prudence ne transparaissait.

— William. Ses pieds. Tu ne peux pas savoir. Les nouvelles ne sont pas bonnes. Où étais-tu la semaine passée ?

— Au Palais. C'est une autre histoire. Raconte.

— L'état de ses jambes a empiré. Il ressentait des picotements aux orteils. Il est retourné chez le médecin, qui l'a ausculté, pincé ici et là, examiné de la tête aux pieds. Il rentre à l'hôpital demain.

— Ce n'est pas la première fois.

— Pour se faire opérer.

— Un pontage ?

— Non.

— Quoi alors ?

— C'est difficile à dire.

— Oublie les termes techniques.

— Tu n'as pas compris. Amputer. William, demain. Il se fait couper les deux pieds.

J'ai fermé les yeux et pris une grande respiration. Le moment était finalement arrivé. L'état de ses jambes s'était détérioré au point de nécessiter l'amputation. La gangrène devait avoir commencé son travail.

William paraissait hébété sur son banc. Ses bras étaient collés contre ses côtes. Une cigarette brûlait entre ses doigts. Autour de lui, quelques bouteilles vides, des sacs en papier, des mégots. Je me suis assis à ses côtés. Son sourire était une épave.

— Es-tu sûr de ce que le médecin a dit ?

— Je n'ai pas rêvé, Mitchell. Il me l'a même répété. Je ne tombe pas des nues. Mais on n'y croit jamais vraiment. J'ai appris aujourd'hui que je n'ai pas le choix. Je dois me faire amputer. Les deux pieds. Demain, je ne serai plus le même. En fauteuil roulant, poussé par des infirmières. Avec des pantalons attachés aux extrémités par des épingles de sécurité… Un mendiant à la porte des grands magasins de la rue Sainte-Catherine.

Les joues de William tremblaient légèrement. Sa canne était tombée sur le sol et il n'avait pas cherché à la ramasser. Il a croisé ses mains sur ses cuisses. À quoi pense-t-on quand sa vie est sur le point de s'effondrer ? À quoi rêvent les condamnés qui attendent leur dernière heure, seuls dans leur cellule, certains de recevoir au matin une décharge électrique, un coup qui leur ôtera la vie et les transformera en spectre de nuit, en loup à jamais à l'affût d'une proie évanescente ? Je connais la réponse. Le Palais des nains est ma cellule et je vis, moi aussi, dans l'attente de ma dernière heure. La nuit, la veille de mes dialyses, je me dis que je pourrais rester couché le lendemain, toute la journée, oublier mon rendez-vous à l'hôpital et me laisser surir sur place. La fin serait inéluctable, à peine plus lente qu'une exécution. Et face à la mort, on apprend à se dissocier de la vie, à devenir un observateur distant. Plus rien ne nous atteint.

— Mon médecin m'avait prévenu. J'ai attendu. Ce matin, je savais que ça ne pouvait plus durer.

— As-tu peur ?

— Non. On m'a dit que ça ne fera pas mal. Moins que maintenant. Mes pieds retrouveront leur forme parfaite, seule la douleur disparaîtra.

— Je ne comprends pas. Ce n'est pas une amputation ?

— Oui, Marianne. Mais on dit que des membres fantômes prennent la place de ceux qui ont été amputés, des membres qui ressemblent à l'image qu'on se fait d'eux. Je retrouverai mes pieds d'antan. Mes pieds d'adolescent. Je ne pourrai tout simplement pas m'en servir. Ce seront des pieds imaginaires. Ce qu'on nous enlève ne disparaît pas aussitôt.

Marianne paraissait vulnérable dans la pénombre. La seule mention des fantômes l'avait troublée. Elle a cherché à nous expliquer que les morts doivent rester des morts.

Mais ses propos étaient contradictoires et ses phrases in-
complètes. Marianne, sa peur des fantômes m'a confirmé
qu'elle n'était pas du côté de la mort, des cellules et de
l'incarcération. J'ai eu envie de la serrer dans mes bras, de
descendre mes mains le long de son dos et de la cajoler
comme une enfant, ses cheveux rouges dans le creux de ma
nuque. Et je lui aurais dit qu'elle se trompe, que les morts
ne restent pas des morts, qu'ils viennent nous hanter à
l'occasion et que les fantômes ne sont pas si vilains. Ils
nous renseignent sur la vie, sur les pertes et les restes.

— Est-ce que j'en ressortirai ? Devrai-je passer le reste
de ma vie dans un hôpital ? Je les entends déjà me décrire
les avantages de l'hospice. Les infirmiers, les pilules, le
réfectoire. Est-ce ma dernière nuit au parc ? Ma dernière
nuit ?

— N'y pense pas. Oublie tes pieds.

— Oublies-tu tes reins, toi ? Non, Mitchell. Tu devrais
le savoir. On n'oublie pas ce qui nous quitte.

— L'as-tu dit à ton fils ?

— À Simon ?

— Oui…

— Non. Je ne lui parle plus depuis longtemps. Il travaille fort. C'est un artiste. Je ne veux pas le déranger.

— Comme si un père pouvait déranger son fils…

— Tu ne le connais pas.

— Ce n'est pas une raison !

— On n'a plus de contact. On s'est disputés, il y a longtemps, je ne veux même plus savoir pourquoi, et depuis,
on ne se parle plus. Je lui envoie une carte à son anniversaire, je reçois de ses nouvelles par ses tantes et c'est tout.

— Il faut que tu lui dises.

— Je ne sais pas.

— Mais on parle de tes pieds. D'une amputation ! Ce
ne sont pas des circonstances ordinaires.

Marianne s'est relevée d'un bond, comme une marion-
nette dont on aurait tiré brusquement les ficelles. La lune
blanchissait son visage et diluait ses traits.

— Ça, c'est une idée! Cette nuit, on oublie. William,
cette nuit sera la plus longue de ta vie. On fait la fête… Tu
m'entends, on va s'amuser. On ne restera pas à rien faire.
Moi aussi, j'ai besoin de mettre un peu de vie dans mon
existence. William, Mitchell, restez ici! Je vais chercher de
nouvelles provisions. J'en ai pour un quart d'heure et je
reviens. Je me charge de tout.

Et sans même qu'on puisse répondre, sans même que je
puisse me lever pour l'arrêter, mettre ma main sur son bras
et briser le charme qui l'emportait, Marianne est partie du
côté de la rue Papineau, un flocon soufflé par le vent.

Simon. Son fils.

Je n'ai pas voulu avouer que je le connaissais, que je savais qu'il habitait derrière mon Palais démesuré, rue Boyer, au 4214, de l'autre côté du poste de police et de la caserne des pompiers. Leurs camions rouges sortent tard dans la nuit et me réveillent avec leur sirène. Mon pouls s'accélère chaque fois que je les entends passer.

Simon Henry. Vingt-quatre ans, cheveux châtains, yeux bleus, presque six pieds, les cheveux longs, les lunettes rondes, aucune bague aux doigts, habillé en étudiant, veste froissée, vieux pantalon, souliers défraîchis, un sac de cuir brun déformé par le temps. Il marche les épaules droites et d'un pas pressé. Il travaille tard la nuit, penché sur sa table à dessin, entouré de crayons et de règles, de livres techniques sur la perspective, les points de fuite, les angles rapportés. Ses étagères sont remplies de pots de peinture et de pinceaux, rassemblés dans des boîtes de conserve variées. Jus de pomme Allen, pâte de tomates Pastene, pois chiches Adonis. Des bouteilles d'encre forment une rangée de soldats au garde-à-vous. Une variété étonnante de bleus et de verts. Mais il travaille surtout à l'encre de Chine, en écoutant du jazz, du Ralph Towner et du Pat Metheny, des vieux classiques du Modern Jazz Quartet, du Chet Baker, du Charlie Haden ou du Randy Weston.

Nous sommes voisins et cette proximité donne droit à des petits privilèges. En fait, depuis la mort d'Oslo Spirit, il est le premier que j'ai appelé mon ami. Oslo et moi étions inséparables jusqu'à ce qu'un train le fauche en pleine nuit.

Nous avions bu et vagabondé toute la soirée et il était sur les rails, assommé, quand le train est passé. Son corps a été retrouvé à l'aube, dépecé par les loups. J'en suis resté inconsolable.

William m'avait mis sur la piste de son fils, il y a six mois, quand il avait mentionné que Simon habitait près de mon Palais, rue Boyer. J'ai trouvé la coïncidence trop belle pour ne pas l'explorer davantage et j'ai découvert, à mon grand étonnement, que son appartement donnait sur la ruelle, la mienne, celle où s'arrête mon Palais.

Nos appartements sont perpendiculaires. Le mien est dans un axe nord-sud et se termine sur la petite ruelle. Le sien la longe. Je n'ai des fenêtres qu'à l'avant et une minuscule ouverture à l'arrière ; il a des fenêtres dans chacune de ses pièces, une à l'avant, deux sur le côté, qui donnent sur la ruelle, et deux autres encore en arrière, qui s'ouvrent sur une cour en béton entourée d'une clôture de bois de cinq pieds de haut. J'habite au rez-de-chaussée, mais il faut monter un escalier de dix marches avant d'arriver chez moi. J'en profite pour avoir une vue plongeante sur les choses.

Je ne me suis pas lié d'amitié tout de suite avec Simon. Il a fallu d'abord que je l'identifie, ce qui m'a pris quinze jours. En partant pour ma dialyse, ou en allant magasiner rue Mont-Royal, je faisais un crochet par sa rue et j'espérais le voir sortir de sa maison ou y rentrer. Chaque fois que j'allais au parc, je me retournais pour voir s'il n'était pas sur le pas de sa porte. Mes méthodes de surveillance étaient inefficaces. J'avais beau sortir sans arrêt de chez moi, retourner à la pharmacie pour de nouveaux médicaments, avoir des envies folles, à toute heure du jour ou de la nuit, pour un livre ou une revue, je revenais bredouille. Je ne savais pas à quoi il ressemblait et je ne pouvais me fier à l'allure de son père, dont le crâne dégarni et les traits bouffis avaient effacé le premier visage, celui que Simon devait encore avoir.

Après deux semaines d'errance et de détours forcés, il m'est venu une idée toute simple : aller sonner à sa porte. Il me restait à trouver un prétexte. J'ai aussitôt pensé aux chaînes pyramidales. Illégales, mais irrésistibles. Ma grand-mère en avait été une adepte, jusqu'à l'intervention de la police.

Je me suis assis à mon pupitre, le dos bien droit, et de ma plus belle main j'ai rédigé une de ces lettres qui menacent le destinataire des pires maux si cinq nouvelles copies ne sont pas acheminées séance tenante à des proches. Je m'en suis donné à cœur joie. Les calamités allaient de la néphrite chronique aux accidents ferroviaires, en passant par les allergies, les migraines, la mélancolie, l'impuissance appréhendée, l'exil et l'abandon. Je n'ai pas signé la lettre. Sur l'enveloppe, j'ai collé une première étiquette, où étaient inscrits son nom ainsi que son adresse. Et, sur cette étiquette, j'en ai collé une seconde, qui portait les miens. J'ai posté le tout. Voir nos deux noms collés l'un sur l'autre disparaître dans la boîte aux lettres, nos patronymes séparés par une mince pellicule de papier, le sien toujours perceptible derrière le mien, ses voyelles confondues avec mes consonnes, les voir ainsi liés par une destinée commune m'a jeté dans un état d'excitation prodigieux.

J'ai trépigné les trois jours qu'a duré l'attente. Mes deux dialyses ont paru prendre une éternité. Même les infirmières ont remarqué mon humeur fantasque. Quand, enfin, j'ai récupéré la lettre, je me suis empressé d'ôter la seconde étiquette, qui s'est décollée sans laisser de traces. J'avais enfin mon prétexte. On m'avait remis par erreur une lettre qui ne m'appartenait pas, il fallait que j'aille la remettre à son destinataire. On ne doit pas conserver ce qui ne nous appartient pas.

À l'heure du souper, je me suis présenté à la porte de Simon. Dès que la sonnette a retenti, je l'ai entendu s'activer dans l'appartement. Arrivé dans le vestibule, d'un coup, il a ouvert la porte. En le voyant, j'ai su que je ne m'étais pas trompé. Ses yeux, sa démarche, ses lèvres me disaient que c'était bien le jeune Henry.

— Bonsoir. J'habite juste derrière vous, rue Rachel. On m'a livré par mégarde une de vos lettres.

— C'est gentil d'être venu sonner.

— Voici. J'ai bien peur que nous ayons reçu la même. Elles étaient collées l'une contre l'autre. Même enveloppe, même étiquette. À moins que je ne me trompe, le contenu devrait être identique.

— Attendez, je l'ouvre.

— Une lettre pyramidale ?

— Oui. Et c'est drôle, la lettre est pleine de fautes. Pas un seul mot n'est épargné !

— Ah bon… Je suis surtout intrigué de savoir qui nous connaît tous les deux… Enfin, maintenant je sais qui vous êtes. Mais, avant de sonner à votre porte, je ne connaissais aucun de mes voisins. Et je ne pensais surtout pas que nous avions des connaissances communes.

— Vous êtes américain ?

— Je viens du Colorado, mais je suis installé à Montréal depuis quelque temps. Je me présente, Mitchell Awry. J'habite l'ancien Palais des nains. C'est plus grand qu'on ne le pense. Et puis pour le reste, on s'y habitue.

— Quelle idée ! Je n'y aurais jamais songé. Je me souviens de l'avoir visité quand j'étais petit, enfin je veux dire jeune. Avec mon père. Mais y habiter…

Je suis retourné au Palais des nains. J'étais à ce point excité que je ne tenais plus en place. J'ai fait les cent pas dans le couloir, j'ai passé le balai dans la salle à manger, astiqué les meubles du salon, je me suis même assis quelques instants sur le lit des Nœssos. Mais il n'y avait rien à faire. Je me suis mis à écrire, mais les pages blanches étaient glissantes comme une patinoire et ma main dérapait sans arrêt. J'ai fui au parc La Fontaine.

La première fois que j'ai vu Marianne, assise auprès de William, j'ai cru à une adolescente en fugue. Elle portait une camisole noire et un pantalon à taille basse, qui laissait voir son nombril. Ses cheveux étaient rougis au henné. Ses sandales étaient détachées. J'ai pensé un instant qu'elle pleurait, avant de comprendre qu'elle souffrait de la fièvre des foins. Je l'ai trouvée belle et vulnérable.

Marianne porte trois anneaux à l'oreille gauche et cinq à la droite, des bagues à tous les doigts, même aux pouces, et du rouge à lèvres foncé. Elle a montré à William ses deux tatous, un après-midi qu'elle avait trop bu, pour le convaincre qu'elle ne blaguait jamais quand il s'agissait de son corps. J'étais là et je suis parvenu à les apercevoir. Je les revois encore. Son papillon rouge et bleu près du mamelon de son sein gauche et sa rose rouge à la hanche hantent mes périodes de veille prolongée, quand le sommeil se fait attendre et que mon esprit vagabonde au loin, du côté du Colorado, avant de revenir au corps de Marianne qui se couvre de tatous de plus en plus indiscrets, de plus en plus troublants au fur et à mesure que mon insomnie se prolonge.

Marianne n'est pas née à Montréal, mais elle s'y est vite adaptée. Elle vient de Rivière-du-Loup et travaille comme vendeuse à temps partiel au Château, au coin des rues Saint-Denis et Rachel. Le magasin lui fournit ses pantalons bouffants aux mollets et serrés à la taille, ses bijoux multicolores, ses souliers noirs, lourds et massifs, et ses chemisiers inspirés des années soixante. Elle y travaille de jour, l'été. Et l'hiver, elle surveille la neige, de nuit.

L'administration de la ville la paye pour observer la neige, afin d'établir avec exactitude ce qui tombe du ciel. On veut accélérer le déneigement des rues et économiser de l'argent. Une caméra enregistre donc les précipitations et détermine la durée des tempêtes et leur force. Mais les profondeurs de champ sont perturbées, la nuit, par les flocons qui s'accumulent à l'écran et il faut utiliser un observateur indépendant pour confirmer le type exact de neige, sa teneur en eau, sa consistance — de la neige mêlée de pluie, du grésil, de la bruine ou une pluie surfondue. L'hiver, Marianne passe donc tout son temps sur le toit d'un édifice du centre-ville, à écouter de la musique et à lire des haïkus, en attendant qu'il neige. Et, quand enfin des flocons commencent à tomber, elle prend des notes pour compléter l'enregistrement de la caméra. Elle recueille des échantillons dans des éprouvettes qu'elle conserve dans une glacière portative. Elle sort sa loupe pour déterminer la régularité des cristaux et leur capacité d'adhérence. Elle a en main d'interminables formulaires qu'elle doit remplir systématiquement. Au verso, elle rédige de longues descriptions impressionnistes qui révèlent à la fois la beauté des phénomènes atmosphériques hivernaux et l'absurdité de sa tâche. À la fin de chaque nuit, elle remet ses relevés et ses échantillons à un contremaître, qui la reçoit avec un sourire narquois.

Pour tromper le temps, elle s'est mise aux drogues douces, qu'elle consomme de façon assidue. Elle aime l'euphorie enfantine de la marihuana, le calme dissolu du haschisch et, de plus en plus, l'énergie blanche et syncopée de la cocaïne. Les haïkus gagnent en intensité et les périodes d'attente se métamorphosent en purs moments esthétiques. Marianne en perd la notion du temps, mais elle a appris à se retrouver dans les labyrinthes de sa pensée. Elle vit par contre repliée sur elle-même, flocon fragile absorbé par les motifs de sa propre architecture. Au printemps, lorsqu'elle redescend enfin de son toit, livide de toutes ces nuits blanches, elle vient se réfugier au parc, la nuit, où elle retrouve une lumière et des êtres qui lui conviennent. William est une exception, ce phare discret qui lui sert de repère avant ses envolées nocturnes.

Marianne, j'aime la retrouver, après mes dialyses, lorsque mes pas m'entraînent du côté de William. Elle m'attire, comme nul autre corps ne l'a fait jusqu'à présent. Quand je l'ai tout près de moi, je dois me retenir pour ne pas déposer ma main sur sa cuisse, sentir sa peau sous mes doigts, ses veines, ses muscles, la courbe prononcée de son genou. Mon allergie à la peau me fait, d'ordinaire, éviter les contacts humains qui me causent de navrantes montées d'urticaire. Cette réaction a débuté bien avant que je quitte Denver et ses voies ferrées, bien avant que les premiers signes de la puberté marquent mon corps ; mais depuis, elle s'est amplifiée et je souffre de rougeurs et de démangeaisons, d'une envie irrésistible de m'arracher l'épiderme dès qu'il touche à une autre peau. Marianne bénéficie pourtant d'une surprenante exemption. Je peux m'approcher d'elle sans crainte, la toucher et me coller sans pour autant en pâtir pour le reste de la nuit. Son corps flotte dans mon esprit comme un spectre blanc taché de rouge. Et ses tatous sont des crocs qui me fendent le cœur.

❏

Quand elle est revenue au parc, après sa course, les bras chargés de sacs multicolores, le front mouillé d'avoir trop couru, la camisole trempée et un sourire moqueur aux lèvres, William et moi étions plongés dans un silence qui nous avait entraînés dans nos destinées respectives. Il était retourné à ses pieds et à l'épreuve qui l'attendait ; je voguais du côté de Simon, de son art et de notre amitié, de mon empoisonnement. Marianne nous a réveillés.

Elle s'est empressée de nous montrer ce qu'elle avait acheté à grignoter : un sac de chips au vinaigre, des jujubes au jus de fruit, des tablettes de chocolat, des bananes et quelques oranges. D'un sac en plastique blanc de la Société des alcools, elle a sorti une bouteille de vodka russe, un flacon de Southern Comfort déjà ouvert et quelques bouteilles miniatures d'un brandy bon marché. Mais le plus important se trouvait dans son sac à dos. Un tube de résine, quelques pilules au nom fantastique et surtout, enveloppée dans un carré de papier plié, une poudre, blanche et cristalline, une importation colombienne, dont les mérites étaient grands. Elle avait du moins transfiguré Marianne, qui jubilait comme un haïku. Et nous étions conviés au festin.

C'est ainsi que ce dernier jeudi d'août, marqué par la canicule et la pleine lune, s'est transformé en une grande odyssée nocturne, une nuit d'excès et de délire, de sentiers aux ombres allongées et aux patineurs inquiétants. Sous la gouverne de Marianne, qui s'y connaissait en fêtes improvisées, le troisième banc de l'allée centrale de la dernière section du parc, loin de l'ancien Jardin des merveilles, de mon Palais des nains et du Château, est devenu le théâtre d'une consommation désordonnée de drogues et d'alcool, et le point de départ d'une expédition au cœur même de mes secrets les mieux gardés.

Marianne a commencé par nous servir une rasade de vodka. William a vidé son verre d'un trait. Elle a fait la même chose. J'ai porté le mien à mes lèvres et avalé une gorgée qui m'a aussitôt réchauffé la poitrine. Marianne a applaudi, moqueuse. On a procédé ensuite à l'absorption d'un mélange complexe de liquides et de fumées. La cocaïne nous a grandement amusés avec son cérémonial et ses accessoires. La poudre laisse une curieuse sensation dans le nez et la gorge, un goût âcre qui froisse les sinus, tout en laissant l'impression que du plâtre s'est accumulé dans le pharynx. J'ai eu besoin, immédiatement après, de renifler et d'avaler. Ces sensations, Marianne les savait temporaires et elle avait raison car, dès lors que la poudre dans ma gorge a commencé à se dissiper, un étrange bien-être a envahi ma poitrine, puis mon esprit, donnant à la nuit une qualité nouvelle, une clarté qu'elle avait perdue depuis longtemps. Ma myopie s'est d'un coup effacée. Et j'ai retrouvé des sensations oubliées, le contour d'ombres et d'objets redevenus nets, une intimité avec les arbres des alentours qui m'ont rappelé ces contemplations de mon enfance quand, dans les bois derrière la ville, juste avant les montagnes, je tentais avec Oslo de reproduire les méditations de Thoreau à Walden. Je me suis senti nostalgique. Mon père était parti pour ne plus jamais revenir. Un père absent parmi d'autres, qui n'avait jamais écrit, jamais cherché à rétablir le contact. J'avais été élevé dans le silence.

William éprouvait des sensations tout aussi inusitées et il s'est étonné tout à coup de la disparition de la douleur. Il s'est allumé une nouvelle cigarette et a murmuré des paroles inaudibles. Il a redemandé à Marianne un peu de poudre. Elle s'est penchée pour ramasser son sac à dos et, à ce moment précis où son buste s'est avancé, son chandail s'est ouvert et j'ai pu deviner la forme de ses seins. Ils étaient blancs comme des flocons et j'ai détourné le regard. J'ai senti en moi des élancements que je ne ressens pas souvent et qui m'ont rendu pudique.

Pour une raison que j'ignore, le parc d'habitude silencieux s'est empli d'une musique, faite des conversations des passants, du ronron des patins à roues alignées, du bruit des automobiles, du vent dans les feuilles, de notre propre souffle. Une sirène de police ponctuait de temps à autre ce concert et me rappelait que mon Palais n'était pas loin, que je pourrais y inviter Marianne, si la nuit s'y prêtait.

Le temps me jouait des tours. Chaque instant durait une éternité, le présent était devenu un espace plein, beaucoup plus large qu'une simple ligne, une frontière que ma conscience habitait, munie d'un miroir blanchi et de cigarettes brunies par la résine. Une frontière que la nuit rendait plus menaçante, plus vaste encore, et les ombres s'allongeaient à travers les allées dessinées au crayon de plomb. J'avais oublié combien peu éclairé était le parc, la nuit, comme ses sentiers pouvaient devenir mystérieux quand ils n'étaient plus illuminés par le soleil. L'obscurité me remplissait d'appréhension.

William, d'un coup, s'est assombri.

— Mes pieds.

— Ils te font mal ?

— Je ne les sens plus.

— On pourrait se lever et faire une promenade.

— Et où irait-on, Marianne ?

— Je ne sais pas. Au Théâtre de verdure ?

— C'est loin. Je ne sais pas si je pourrai me rendre.

— On pourrait t'aider.

Les derniers mots de Marianne m'ont surpris. Aider William. Quelle étrange impression de déjà-vu… J'ai regardé les arbres, l'allée, mes mains aux ongles fraîchement taillés, un souvenir tapi sous l'épiderme. Lourd de sang.

Subitement, une lumière vive m'a inondé, une épiphanie d'un jaune soyeux. Un éblouissement complet. Aider William… Voilà ce qu'il fallait faire ! Se lever et marcher. Accomplir un prodige. Une réconciliation. J'en suis resté bouche bée, du jaune partout dans mon champ de vision. Pourquoi n'y avais-je pas pensé plus tôt ?

Marianne avait raison, il fallait aider William. L'amener à parcourir le parc, à le traverser, à se rendre de l'autre côté. Là où habite son fils. Afin de renouer les fils, de me racheter.

Le projet était d'une simplicité paradoxale, d'une pureté qui ne pouvait avoir que le destin comme guide. Il m'est apparu, à cet instant précis, un dénouement nécessaire. Une façon de rapiécer la toile que j'avais tissée ces derniers mois et qui s'était défaite sans avertissement il y a deux semaines. Juste à y penser, j'en avais la chair de poule.

Je me sentais vaguement coupable, depuis l'empoisonnement. Atteint d'une angoisse qui ressemblait à s'y méprendre au mal qui m'avait assommé à la mort d'Oslo. Et là, grâce à Marianne, j'entrevoyais la possibilité de réparer le tort que j'avais causé. Le rêve qui m'avait maintenu en vie pendant les longues heures de mon intoxication pouvait devenir réalité. Je n'en revenais pas... Mes lignes de vie et de rêve se croisaient sous mes yeux. Le parc et le Palais. Mes secrets et mes oublis. Mon passé. Je n'avais qu'un geste à faire... et tout devenait possible. J'ai fermé les yeux.

— Et si on allait voir ton fils...

— Qu'est-ce que tu as dit?

— Si on allait voir Simon. Il habite de l'autre côté du parc, non? Si on se rendait jusque chez lui, pour lui annoncer la nouvelle?

— Il n'en est pas question.

— William, tu l'as dit toi-même, cette journée est une fin. Il faut bien que Simon le sache aussi. C'est ton fils unique.

— Je ne peux pas juste me présenter à sa porte et lui dire: Simon, c'est moi, ton père. Je me fais amputer les deux pieds. Au revoir.

— Pourquoi pas?

— Il ne me croirait pas. Et même s'il me croyait, que devrait-il répondre ? Les liens sont comme des tendons, ils ne se réparent pas d'un coup. Ça prend du temps.

— Mais les circonstances sont extraordinaires. Si mon père était apparu pour me dire qu'il allait bientôt se faire opérer, s'il était revenu pour me demander de l'aide, crois-tu que j'aurais refusé ? J'aurais été tellement heureux. Je lui aurais donné ma vie.

Marianne nous a écoutés, la bouteille de vodka à la main. Elle était amusée par ma proposition.

— Il a peut-être raison.

— Ah non… Marianne, pas toi aussi !

Je l'ai regardée, étonné. Elle qui ne savait presque rien de moi, rien du désir que j'entretenais à son égard, la voilà qui m'ouvrait la voie. Sa complicité soudaine ne pouvait être qu'un signe du destin, la preuve que je ne faisais pas fausse route. Je l'ai trouvée encore plus belle. Le blanc de ses yeux était rosé, je distinguais clairement les veines qui lui striaient le cou, les bras, les poignets. J'ai sauté sur l'occasion.

— William, il faut qu'on aille voir Simon et qu'on lui dise. Maintenant, tout de suite.

— C'est des bêtises, Mitchell. J'irai seul demain à l'hôpital. Je ne veux la pitié de personne.

— Je ne te dis pas de le faire pour toi, mais pour ton fils. Imagine, si tu ne le lui dis pas et qu'il l'apprend par sa mère ou une tante, il sera obligé de se dire qu'il ne méritait même pas un message.

— Je peux téléphoner.

— Non. C'est le messager qui compte.

— Marianne…

Elle n'a fait aucun geste dans ma direction. D'un air pensif, elle contemplait le sol. William s'est retourné vers moi.

— Il est tard, nous sommes éméchés. De quoi aurons-nous l'air ? Et puis, comment nous rendrons-nous ?

— En traversant le parc. Je le connais, et Marianne aussi.

— Mes jambes !

— Nous t'aiderons. Je te porterai, s'il le faut.

William ne savait plus quoi penser. Mes arguments avaient du poids. J'avais pratiqué une brèche dans ses défenses. Je le sentais vaciller et s'ouvrir petit à petit au projet.

— Ta dernière nuit, va-t-on la passer sur ce banc, à boire et à penser à ce que tu ne pourras plus faire dorénavant, ou va-t-on faire un geste héroïque et traverser le parc pour aller avertir ton fils, qu'il le veuille ou non ?

— Et toi, Marianne ?

— C'est complètement fou, William, mais ce serait très beau. Allez, viens ! Tu n'as rien à perdre. Ce sera ton dernier voyage…

Un bruit sec. Comme si une branche avait cédé. J'ai relevé la tête et les arbres étaient d'un jaune légèrement orangé. Marianne, mon météorite à moi. Si j'avais pu, je l'aurais embrassée et nous aurions roulé dans l'herbe. Je lui aurais demandé de me conduire là où je ne parviens pas à me rendre seul. Mais j'ai retenu ma joie et serré les poings. *Count your blessings*, me disait ma grand-mère à tout propos. *Count your blessings*.

Un jeu d'enfant.

Une lettre à la poste et j'ai pu dorénavant reconnaître Simon partout. D'ailleurs, à partir de ce moment, nous n'avons plus arrêté de nous croiser, à la pharmacie, à l'épicerie, à la librairie. Si je le voyais à la banque, je m'empressais d'y entrer, en m'inventant des virements et des retraits. Je prenais un malin plaisir à le suivre à pas de loup et à le côtoyer. Nous avions, comme bien des résidants du quartier, les mêmes habitudes, le magasin de pâtes fraîches, la pâtisserie belge, le dépanneur tenu par des Coréens au sourire timide. Mais mon intérêt pour Simon est devenu une véritable passion quand j'ai découvert, en haut de la garde-robe de ma chambre, tout au fond de la pièce, un œil-de-bœuf depuis longtemps abandonné.

Du temps où le Palais des nains était chauffé au gaz, la chaleur était répartie à travers la maison par un long tuyau qui parcourait le couloir avant de traverser la salle à manger et la chambre de Jeanne. Le tuyau s'arrêtait au mur du fond, où une ouverture avait été faite pour laisser s'échapper la fumée. Quand le système de chauffage a été converti à l'électricité, on a transformé cette ouverture en un œil-de-bœuf, lui-même condamné par la suite, au moment où les maisons ont été rénovées de l'autre côté de la ruelle. L'ouverture a été cachée dans une garde-robe ajoutée par après, ce qui explique les dimensions particulières de la chambre, moins profonde que la cuisine qui lui est contiguë. Je l'ai découverte un jour que je faisais une inspection approfondie des lieux.

Partout dans l'appartement, les ouvertures laissées par l'élimination du tuyau ont été cachées par du plâtre, dont l'effet cosmétique est parfait. Mais on ne s'est pas donné cette peine avec l'ouverture de la garde-robe. Une simple pièce de bois la recouvrait. Je l'ai arrachée et j'ai libéré l'œil-de-bœuf. Sa vitre est tachée et, par endroits, opaque. Il est trop haut pour qu'on puisse voir au travers sans l'aide d'un escabeau ou d'une chaise ; mais sinon, il donne directement sur la ruelle et la maison de la rue Boyer. L'appartement de Simon ! Cette découverte a transformé mon Palais en véritable château magique.

J'ai dégagé la garde-robe d'une partie de mes vêtements, que j'ai entassés pêle-mêle dans la commode miniature de la chambre des Nœssos. J'y ai ensuite mis un escabeau tout neuf en aluminium, assez large pour que je puisse m'asseoir sur sa plus haute marche. J'ai recloué la planche de bois qui recouvrait l'œil-de-bœuf avec un seul clou, tout en haut, de façon à pouvoir la faire basculer sur le côté. Je peux de la sorte observer le fils de William à ma guise, sans avoir à tenir la planche, et refermer prestement l'ouverture s'il y a urgence.

J'ai commencé mon observation un mercredi soir, vers six heures, après une dialyse régénératrice. Je n'avais pas envie de me promener dans le parc. Une soudaine gêne s'était emparée de moi, comme si je transportais du matériel pornographique qui aurait révélé ma vraie nature. Je suis donc rentré précipitamment à la maison. Pendant trois jours, j'avais résisté à la tentation de regarder par la lucarne. Je devais d'abord m'habituer à l'idée de cette fenêtre avant d'en exploiter les ressources. Mais en même temps, durant ces nuits de veille et d'insomnie, une étrange vibration avait émané de la garde-robe, un chant étrange, une mélodie indéfinissable mais ensorcelante. La fenêtre m'attirait et l'excitation qu'elle provoquait nuisait à mon sommeil. J'avais beau m'imaginer courir indéfiniment sur une piste ovale, comme un médecin me l'avait enseigné à Denver, rien n'y faisait. Ma respiration devenait irrégulière, mon rythme déraillait et la piste se mettait à zigzaguer jusqu'à ce que tout s'écroule.

La première séance a été un mélange de déceptions et de révélations. Pendant la première heure, il ne s'est rien passé. Je ne savais même pas s'il était chez lui. J'ai pris une collation et fumé de nombreuses cigarettes, ce que je n'ai plus jamais refait : l'air est devenu irrespirable et mon corps est resté enfumé des heures entières.

Mon cœur s'est figé quand, enfin, Simon est entré dans la cuisine, à sept heures. Je voulais un repas gastronomique, il s'est fait cuire des œufs accompagnés de fèves au lard, qu'il a commencé à manger distraitement dans la cuisine, un livre de poche à la main. Il portait une chemise rouge, ses cheveux étaient légèrement dépeignés, et il a retiré sa montre avant de commencer son repas. Puis, sans avertissement, il s'est levé avec son assiette encore pleine et il est disparu de mon champ de vision. J'ai dû attendre une demi-heure avant de le voir réapparaître. Une demi-heure à ne plus pouvoir bouger de mon escabeau, hypnotisé par son absence. Où était-il ? Que faisait-il ? Quand réapparaîtrait-il enfin dans l'une des pièces qui jouxtent la ruelle ?

Car mon œil-de-bœuf ne me donne accès qu'à trois pièces. La première est la cuisine, où se trouve une table, blanche et ronde, et une vieille chaise berçante. Ses armoires sont en mélamine blanche et le comptoir de la cuisine est d'un vert turquoise démodé. Ses appareils ménagers sont des modèles des années soixante. La deuxième est la chambre à coucher. Je ne discerne que la partie la plus rapprochée, là où se trouvent la commode et une vieille affiche annonçant un spectacle de Tom Waits. Je ne vois pas le lit, sauf par le biais d'un long miroir de quatre pieds, immédiatement à droite de la commode, un miroir à peine plus large qu'une meurtrière, mais qui donne miraculeusement sur le lit. Une partie du lit, mais une partie qui me permet d'imaginer le reste. La dernière pièce est la salle de travail. J'en aperçois un étroit segment, le coin droit de sa table à dessin, le pied de la lampe, les étagères où s'entassent ses pots de peinture et ses pinceaux. Quand il travaille à sa table, je ne distingue que ses bras et, parfois, lorsqu'il doit se pencher pour rectifier un détail ou saisir un pot sur ses étagères, le côté droit de son visage, ses lunettes, le col de sa chemise.

J'ai été chanceux ce premier soir, Simon s'est empressé de se rendre à sa table à dessin, après avoir déposé son assiette dans l'évier. Et je l'ai vu s'attaquer à son projet du moment avec une détermination surprenante. Il s'est mis à tracer des lignes, à déplier du papier, à prendre des mesures. Je lui ai aussitôt envié son pouvoir créateur, l'aisance avec laquelle il s'est mis à faire ses dessins, sans aucun cérémonial. Moi qui m'invente des rituels infinis, des séances de méditation et des exercices de réchauffement, un recueillement inspiré des arts martiaux, je ne parviens jamais à faire le vide et à me mettre à écrire. Les distractions l'emportent sur l'application et mes pages restent blanches et insignifiantes. En coupant court aux préparatifs et en passant à l'acte sans détour, Simon m'a enseigné dès ce premier soir que je devais me débarrasser de ces préambules stériles. Une véritable leçon de choses.

Il a travaillé longtemps. Il s'est levé à quelques reprises pour saisir un livre, l'ouvrir et le remettre prestement à sa place. À le regarder faire, j'ai perdu la notion du temps. Je suis devenu tout aussi concentré que lui, attentif à ses moindres gestes, au déplacement de la mine de ses crayons sur le papier, aux manipulations de la règle et de l'équerre. À dix heures, il a fait une pause et s'est avancé à la fenêtre.

Il a regardé la nuit et la ruelle, il s'est massé le cou et dégourdi les jambes. Ses épaules restaient droites malgré tout, son dos peut-être légèrement voûté. J'ai cru discerner dans son regard une lassitude qui m'a ému.

Dans la ruelle, un taxi s'est immobilisé pour laisser sortir un client. Simon est retourné à sa table, sans même aller se désaltérer. J'étais fasciné, collé à mon escabeau et à l'œil-de-bœuf par une soif que rien a priori ne justifiait. J'aurais pu aller m'étendre ou m'asseoir à mon bureau où m'attendaient mes rêves et mes cahiers, mais je ne parvenais pas à m'arracher au spectacle de cet homme à l'œuvre comme un forcené sur sa table inclinée. Et quand je l'ai vu, beaucoup plus tard, entrer dans sa chambre pour aller enfin se coucher, quand je l'ai aperçu se déshabiller avec des gestes lents et fatigués, enlever sa chemise sans même la déboutonner, retirer ses chaussettes en se servant de ses talons pour les retenir au sol, tel que je le faisais quand j'étais enfant, j'ai su ce qui avait accaparé mon regard. Il s'est longuement examiné dans le miroir. Bien en face, sans aucune honte ni gêne. Il n'a fait aucun geste déplacé, ses bras sont restés croisés sur son torse, mais ses jambes étaient droites et écartées, ses pieds à plat sur le tapis, son menton relevé. Il ne craignait pas son propre regard. Voilà, me suis-je dit, dans la pénombre de ma garde-robe, c'est ainsi que se comporte un homme, un fils libéré de l'emprise de son père.

William s'est avancé lentement dans l'allée centrale du parc, entre les bancs et les arbres, sa canne à la main. Dans son état d'intoxication, la douleur était devenue supportable, un vert forêt paisible et sage. Marianne le tenait par la taille et l'encourageait. Je restais en retrait et pouvais observer à ma guise leurs deux silhouettes. Marianne a des fesses à peine rondes et des hanches sans courbes. On dirait le corps d'une enfant. Ses chevilles sont fines et ses sandales faisaient ressortir la délicatesse de ses pieds. Les courbes de son occiput transparaissaient dès que le vent balayait ses cheveux et lui dégageait le cou.

Il m'était arrivé parfois, au début de l'été, de m'arrêter au Château en fin d'après-midi, pour regarder Marianne travailler. Je me tenais en embuscade, près des portes, ou encore je l'épiais à travers la vitrine. Je la trouvais séduisante, les bras chargés de vêtements dédaignés par des clients, des pantalons rabattus sur les épaules, des cintres coincés sous les aisselles. Elle mettait un tel soin à tout replier, à lisser les tissus légèrement froissés, à replacer les cols, repoussant délicatement les manches des chandails vers l'intérieur, que je ne pouvais m'empêcher d'imaginer l'effet de ses mains sur mon corps, mes bras, la plante de mes pieds.

Pendant ce temps, William l'entretenait de ses craintes. Il était partagé entre le désir d'avancer et celui de revenir sur ses pas. Il s'était habitué à son banc de bois peint, aux cent cinquante pas requis pour s'y rendre ou en revenir, et le reste du parc lui était devenu graduellement inaccessible, un espace sombre et dangereux dont il se méfiait. Tant qu'il restait proche de la rue Papineau, a-t-il expliqué, il pouvait se débrouiller seul, marcher le long de l'allée jusqu'à l'arrêt d'autobus, s'asseoir, puis traverser la rue pour rejoindre son immeuble. En s'aventurant vers l'intérieur du parc, vers les tennis et les terrains de jeu, il dépassait les limites de son autonomie et sa vulnérabilité le remplissait d'appréhensions.

Marianne tentait de le rassurer. Elle parlait calmement, multipliant les encouragements. William restait sceptique. Pour lui montrer enfin sa résolution, elle l'a lâché subitement et s'est projeté droit devant, comme pour libérer la voie. Des patineurs s'avançaient dans l'allée. Leurs jambes fendaient l'air d'un mouvement ample et précis. Ils ne présentaient aucune menace, mais Marianne s'est interposée et a bousculé le premier, qui a dérapé, puis freiné.

Les trois autres patineurs se sont arrêtés. Leurs habits étaient noirs, leurs patins verdâtres. Le plus petit portait des lunettes fumées, même en pleine nuit. J'ai pris du temps à comprendre qu'il s'agissait d'une fille. Ses jambes étaient fortes, ses mollets ronds et ses cuisses nerveuses. Je la trouvais menaçante. Le groupe s'est approché de Marianne, les poings serrés. Les premières paroles ont été des accusations. Je me suis retiré derrière un banc, pour échapper aux coups qui risquaient de pleuvoir. Mais un rire gras a éclaté et la tempête s'est évanouie.

— Eh ! C'est Marianne… Tu parles d'un jeu dangereux ! Tu as failli blesser Étienne.

— J'aidais William à marcher. J'ai voulu le protéger. À la vitesse où vous patinez, on croit toujours que vous allez nous frapper. C'était de la légitime défense.

Je me suis rapproché de William qui fumait une cigarette. L'aplomb de Marianne me bouleversait. Ils étaient quatre et elle n'avait pas hésité une seconde. Elle avait la

témérité d'Oslo, qui ne reculait devant rien lui non plus.
J'avais noté dans un cahier les exploits qu'il nous avait fait
accomplir au fil des ans, les vols dans des entrepôts abandonnés, les explorations de grottes et de vieilles mines.
J'avais brûlé ce cahier avec le reste, à mon départ de Denver.
Je retrouvais le même esprit chez Marianne, le même sang-
froid, la même insouciance face au danger.

Elle a fait les présentations. Étienne, Tom, Hugo et
Virginia. Des noms d'une étonnante banalité. Avec leurs
habits noirs et leur air menaçant, je m'attendais à des noms
de guerre : Œil de faucon, Tueur de daim, Bas de cuir,
Pigeon. J'ai dû préciser que j'étais américain, de Denver au
Colorado. Aurora, pour être plus précis.

Tom m'a demandé si j'avais habité près de la base
militaire. J'ai répondu que mon père avait été aviateur. Un
grand aviateur, décoré pendant la guerre de Corée, un
vétéran qui était mort en mission dans les mers d'Asie.
J'avais toujours raconté cette histoire, même à Oslo, qui
l'avait longtemps crue. Ma mère morte en couches et mon
père au combat. Un orphelin élevé par une grand-mère
sèche et amère. Pour appuyer ma fable, j'amenais souvent
Oslo aux abords de la base, près des pistes. On aimait le
bruit des réacteurs, les silhouettes effilées des chasseurs.
De vieux B-52 aux ailes bosselées étaient stationnés derrière les hangars, et on croyait discerner sur la carlingue
des traces de combat. J'inventais des missions suicidaires
contre des frégates japonaises, des bombardements de nuit
en plein orage, des tsunamis qui dévastaient des régions
entières.

William est allé s'asseoir sur le banc. Ses jambes tremblaient, il voulait une autre gorgée de vodka. Marianne a
ouvert son sac. Elle a sorti de plus l'enveloppe de papier
blanc. Un premier patineur s'est avancé, une cigarette allumée au bec. Il s'est installé à côté de Marianne et a penché

la tête. Les trois autres ont fait un cercle autour du banc.
Immobilisés, ils étaient instables sur leurs patins. Ils
bougeaient sans cesse, par à-coups. Ils se cognaient les uns
aux autres. J'ai préféré m'éloigner.

Je commençais, il faut le dire, à me sentir lourd et ineffi-
cace. Mon sang n'appréciait pas le traitement que la vodka
lui avait fait subir. Je perdais mon équilibre, mon cerveau
ne filtrait plus les sons qui se perdaient dans le labyrinthe
de mes oreilles internes. Je suis allé m'asseoir contre un
arbre. Après quelque temps, Tom est venu me rejoindre.

— Je suis déjà passé par Denver.

— Pardon ?

— Denver. J'y suis déjà allé.

— Parle moins fort, ma tête me fait mal.

— Il neigeait quand j'y suis passé.

— C'est possible.

— J'ai fait le tour des États-Unis, dans une vieille
Peugeot. Juste après Denver, il y a une côte terrible. J'étais
sûr que ma bagnole allait se mettre à reculer. Le carburateur
n'arrivait plus à fournir. La neige cachait la route. J'avais le
pied au plancher et on avançait à pas de tortue. J'ai dû
m'immobiliser, sur l'accotement. J'avais peur de rater un
tournant et de tomber dans un précipice. J'ai attendu
comme ça, pendant six heures, jusqu'au matin. Le plus beau
souvenir de ma vie ! Des heures pleines, le vent qui souffle
contre les vitres, la carrosserie qui vibre, l'impression d'être
abandonné, complètement seul. J'aurais pu mourir là et
personne ne l'aurait su avant le lendemain. Je me rendais en
Californie. J'étais passé par Windsor, puis par les banlieues
de Chicago. J'avais traversé l'Iowa et le Nebraska dans le
sens de la longueur, avant d'arriver au Colorado par le
nord. J'étais ressorti par l'Utah puis le Nevada. Et mon plus
beau souvenir de tout ce voyage, c'est la nuit passée dans la
côte, en pleine tempête de neige.

Pendant que Tom me décrivait la splendeur des hauts plateaux, la nuit, quand plus un seul bruit ne vient perturber le silence et que la conscience se décroche graduellement du corps, sur le banc, ses compagnons fumaient des cigarettes enduites de résine. Ils écoutaient Marianne réciter quelques-uns des haïkus américains de Kerouac qu'elle avait appris par cœur sur son toit de neige. Il n'y manquait que le saxophone de Zoot Sims.

J'écoutais tout d'une oreille distraite. Je détestais la neige. Les Rocheuses n'étaient pour moi qu'une brûlure qui ne parvenait pas à cicatriser. Mon père était ce fantôme parti sans laisser d'adresse, absorbé par les canyons de l'Arizona. Ma mère avait disparu aussitôt l'accouchement terminé. Oslo Spirit avait été frappé par un train à destination de Las Vegas. Mon pouls était irrégulier. J'avais des crampes au bas du ventre. Les loups avaient sorti leur museau de leur tanière et humaient l'air qui éveillait leur appétit. Je me dissolvais dans de sombres pensées. Je revoyais Oslo, les yeux fermés par la mort. Je m'imaginais ma grand-mère, assise dans l'Hôpital des poupées, une aiguille entre les dents et des pelotes de fil sur les cuisses. Tom continuait son récit, de sa voix de contrebasse. J'ai fermé les yeux et j'ai repensé à Marianne. À ma seule et unique visite au Château. À notre tout premier contact physique, maladroit mais authentique.

❏

Un jeudi après-midi pluvieux et mort, je m'étais enfin décidé à entrer au magasin. J'avais accosté Marianne comme n'importe quel client. Elle s'était mise à rire, sans aucune retenue. «Il est à peu près temps», avait-elle ironisé. Penaud, j'avais tenté tant bien que mal de cacher ma gêne. C'est pour des vêtements, lui avais-je dit sans

ambages, je me cherche du nouveau. Et je l'avais suivie
dans les allées du magasin.

Elle m'a montré des robes à bretelles fines et à décolleté
froncé, des corsages à licou, des bustiers à baleines et des
débardeurs bleu et blanc en nylon plastifié. « C'est la nouvelle mode », a-t-elle soupiré. J'ai remarqué une camisole
en voile noir sur fond rose, brodée d'insectes. Une femme
essayait, face aux grands miroirs du fond, une robe-
chemisier noire en mousseline transparente, qui recouvrait
une longue jupe fleurie bleue. Marianne énumérait les
nouveaux tissus, viscose, cachemire chamois en nylon
synthétique de Malaisie, lycra gaufré et toute une gamme
de polyesters, satin, acétate, polyamide et élasthanne.
L'éclairage au néon donnait aux couleurs des teintes
étranges. On se serait cru dans une version hallucinée de
l'Hôpital des poupées.

Marianne m'a d'abord proposé un jean en coton beige
délavé avec un pull en cachemire. Elle a choisi ensuite un
complet à carreaux avec un pantalon cigarette en polyester.
Une veste en feutre vert. Je l'écoutais nommer tous ces
vêtements, surpris de la précision des termes. Tout, dans le
magasin, avait un nom, chaque détail, chaque couleur. Je
pointais le doigt vers un ensemble et Marianne donnait le
tissu, la coupe, le détail des coutures, le fabricant. J'aurais
été perdu, si elle n'avait été là pour me montrer la voie.

Les cabines d'essayage étaient de petits cubicules fermés par des rideaux beiges qui protégeaient à peine des
regards indiscrets. Je suis entré dans la première à gauche,
des vêtements plein les bras. Un miroir rectangulaire m'attendait. J'ai dû fermer les yeux pour ne pas m'évanouir
sous le choc. L'image qui m'était renvoyée, dans la lumière
crue des néons, ne ressemblait en rien à celle que j'avais de
moi dans la pénombre de mon Palais. J'étais effrayant, avec
mon teint jaunâtre, mes bras trop longs, cette tête déme-

surée, bovine sous certains angles. Je n'étais pas capable de
me regarder de face.

J'ai commencé méthodiquement à essayer les vêtements qu'avait décrochés Marianne. Le pull était trop petit,
le jean trop large. Elle m'a demandé de sortir pour vérifier
la taille et j'ai refusé. Soudain, j'ai vu son bras apparaître
dans la cabine, porteur d'un autre pantalon. Son bras nu,
un fin duvet châtain, une main aux doigts minuscules, aux
ongles peut-être un peu rongés, des veines comme le delta
du Nil. Elle était de l'autre côté du rideau et me pressait de
lui redonner ce que je ne désirais pas conserver. Si je ne
voulais pas sortir, elle me les passerait directement dans la
cabine. Nous nous sommes échangé ainsi des chemises et
des chandails, des pantalons aux formes variées, droits,
étroits, rayés. À tout moment, son bras pouvait réapparaître avec un nouveau modèle. Je me suis pris au jeu.
Entre deux essais, je me déshabillais presque complètement, le torse nu et les jambes découvertes, à peine protégé
par un short noir, et j'attendais son retour en adoptant
toutes sortes de poses. Comment décrire les frissons qui
me traversaient le corps, quand enfin le rideau s'agitait et
que sa main apparaissait, à quelques pouces de mon torse ?

Le jeu était trop beau et tout s'est gâché. J'avais accumulé un certain retard. Tandis que je me penchais pour
retirer un pantalon trop serré, la tête contre le miroir du
fond, mon abdomen plié en deux et le souffle coupé, dans
un état de vulnérabilité extrême, j'ai été projeté vers l'avant
par sa main qui est venue buter lourdement contre mon
postérieur. J'ai bondi et crié. J'ai perdu l'équilibre, ma tête
a frappé le miroir et, le pantalon aux chevilles, étourdi par
le choc, je me suis étendu de tout mon long sur le plancher
dur et humiliant du magasin, le corps à demi sorti de la
cabine. La chemise que je portais n'était pas boutonnée, on
pouvait voir mon short et le haut de mes cuisses, blanches

et maigrichonnes, mes cicatrices, mes poils rasés par endroits. Marianne m'a aidé à me relever, sans me dévisager
ni rire. Ses mains étaient froides et fortes. Elles sentaient le
tissu neuf et le bleuet. Comme elle se penchait, j'ai pu
apercevoir l'ombre de son tatou à l'orée du soutien-gorge.
Je me suis réfugié dans la cabine, à la fois désemparé et
heureux.

Je me suis installé dans ma routine comme un loup dans sa tanière. En moins de deux semaines, j'ai modifié ma garde-robe pour l'adapter à de longues périodes de garde. J'ai acheté un coussin pour rembourrer la dernière marche de l'escabeau et j'ai vidé le placard des boîtes, cartons, sacs de plastique, souliers et bottes qu'il contenait. J'ai transformé la tablette du haut en garde-manger, où se sont accumulées bouteilles d'eau minérale, galettes de riz soufflé et boîtes de biscuits secs sans sel, de quoi répondre à un appétit soudain.

Pour la première fois de ma vie, je suis resté rivé à un écran, ou à son substitut, une fenêtre ronde et sale. Et pour être rivé, je l'étais. J'en oubliais, au début, les heures qui passaient, mes reins, les nains. Je délaissais le parc et ses sentiers. Le spectacle commençait à sept heures moins le quart, heure à laquelle j'étais enfin libre de m'adonner à ma vigie. Certains collectionnent les conquêtes, les timbres ou les papillons ; moi, je pratiquais l'observation, la vie à distance. À force de mener une existence de moine, j'en étais venu à vivre par personne interposée. Le hasard avait voulu que je jette mon dévolu sur un père et son fils.

J'ai fini par apprendre que Simon avait fait des études en arts plastiques, avec une spécialisation en graphisme. Sa première œuvre, au sortir de l'école, avait été une série d'insectes à l'encre de Chine pour un livre d'art sur les plaisirs solitaires. Soixante-neuf variations de l'acte en chapitres brefs, écrites par un écrivain de l'avant-garde locale. Il avait utilisé de gros pinceaux baveux et c'est à peine si on reconnaissait les blattes, les scarabées et les mantes religieuses qu'il avait dessinés.

Il avait dû se contenter, par la suite, de commandes insignifiantes, pour des catalogues de magasins à rayons. L'une d'entre elles avait consisté à dessiner des outils pour une quincaillerie. Le travail avait demandé de la précision, un sens des proportions aiguisé et le souci du détail. Simon avait dessiné des scies, des ciseaux, des grattoirs, des matoirs, des pointes, des haches, des faucilles, des machettes, des masses, des truelles et des pelles. Chaque fois, il avait eu l'impression qu'il les inventait. Il travaillait avec un compas. Le propriétaire avait été satisfait et lui avait demandé quelques-uns des originaux pour les faire laminer.

Simon avait conçu ensuite des publicités pour un magasin de produits de la mer. Il avait dessiné des coquillages, des coques et des couteaux, des oreilles-de-mer, des strombes, des tourelles. Il aimait reproduire des coquilles à une seule valve. Il dessinait les côtes spiralées qui montaient jusqu'à la spire, l'ouverture avec sa surface lisse et douce, comme une lèvre humectée. Il était ensuite passé à l'architecture, aux façades de maison et même aux toits. Il avait fait des croquis de toits en pente, à deux croupes et à pignon, de toits plats et avec lanterneau, de toits en pavillon, en rotonde, en flèche et en coupole.

Il travaillait, depuis, à l'illustration d'un livre. Un ouvrage moins exigeant sur le plan technique, mais qui demandait une imagination à toute épreuve. Comme il dessinait de longues heures tous les soirs, sur sa table inclinée, la lampe halogène en angle, les règles et les compas disséminés sur sa surface de travail, j'ai dû changer mes habitudes de vie. Je ne voulais pas quitter mon poste tant qu'il n'était pas au lit. J'avais toujours été un couche-tôt, j'ai dû me transformer en oiseau de nuit. J'ai appris aussi à me faire à souper rapidement, des œufs à la coque, des pâtes, du poulet bouilli et du riz. Sans m'en rendre compte, j'ai commencé à reproduire le régime alimentaire de Simon, à délaisser mes recettes pour adopter les siennes. Je préférais commencer mon observation une fois la vaisselle lavée et la cuisine nettoyée, mais je n'y suis pas toujours parvenu. J'ai parfois mangé sur mon escabeau, l'assiette posée sur les genoux, mon verre d'eau sur l'étagère.

À surveiller Simon, j'ai compris que j'aurais fait un excellent chasseur, moi qui déteste les carabines. Je peux rester des heures sans bouger, sans penser à quoi que ce soit, les yeux rivés sur la vitre défraîchie de l'œil-de-bœuf. Cela surtout m'étonne. J'ai de la difficulté, habituellement, à faire le vide dans mon esprit, à chasser ces méchantes idées qui défilent contre mes paupières fermées comme un film sur un écran de cinéma. Il suffit que je veuille ne penser à rien pour que tout se mette à bouger, la maison de Denver, la mort d'Oslo, le silence de ma grand-mère, des conversations imaginaires avec des personnes disparues. La nuit, je me retourne sans cesse dans mon lit. J'imagine des récits sans queue ni tête, où le héros erre dans des couloirs solitaires, à la recherche de ses reins. Je marche dans le parc La Fontaine et j'accompagne des mourants à leur tombe. Je réunis des familles entières, dont les membres ont été séparés par la vie. Je voyage dans des trains bondés où les conducteurs portent des robes en guise d'uniforme. Je ne retrouve jamais mon billet, que je mets chaque fois dans les poches trouées de ma veste. Mais je n'ai qu'à pénétrer dans la garde-robe, à m'asseoir sur l'escabeau et à dégager la fenêtre pour que mon esprit se vide et qu'un calme, voisin de celui retrouvé durant mes marches à travers le parc, m'enveloppe et engourdisse mon corps.

Pendant les trois premiers mois, Simon a vécu sa vie, de l'autre côté de la ruelle, sans se douter qu'il se donnait en spectacle, qu'il partageait sa vie, son travail, ses amours, avec un observateur ébahi dans son observatoire étriqué. Le soir, quand il mangeait, en lisant un livre ou le journal, il avait l'air si seul que l'envie me brûlait parfois d'aller sonner à sa porte. Mais je ne bougeais pas. Je préférais le voir de loin, apprivoiser à distance ce fils qu'un univers entier séparait de son père.

Nous portons tous un masque en société. Un masque qui nous protège des regards indiscrets. Moi, je tiens mon vrai visage enfoui dans un Palais qui m'assure une protection inégalée. Je cache mes secrets derrière son étrangeté et je m'abrite à l'ombre de ses fortifications. On ne me fréquente pas, on le visite. L'appartement de Simon ne lui était, par contre, d'aucune utilité. Il ne le protégeait pas mais, par l'entremise de mon œil-de-bœuf, me le donnait à voir dans sa plus grande intimité, celle qu'il ne partageait même pas avec France, son amie. J'ai appris à le connaître fébrile, vulnérable, angoissé, laissé à ses pulsions, ses pleurs et ses peurs. Je l'ai compris en fait comme seule une longue amitié pouvait le permettre. Sans jamais quitter ma garde-robe.

Souvent, au début, il parlait au téléphone debout, en se déplaçant dans l'appartement. Il quittait la cuisine puis y revenait ; il gesticulait de la main droite, tendait l'oreille gauche, la tête appuyée sur l'épaule. Il parlait en se faisant du café, en ouvrant le réfrigérateur, en grignotant des biscottes. Quelquefois même, il s'est déshabillé, le récepteur à l'oreille, et j'ai même cru un moment qu'il s'est caressé pendant qu'il parlait. Je n'entendais rien de ses conversations, mais je comprenais parfois qu'il parlait à France, qui refusait de venir ou qui fixait ses conditions.

Même si je ne la voyais que partiellement, la chambre à coucher était ma pièce favorite. J'ai tendance, dans la mienne, à me coucher sagement après m'être lavé les dents. Je ne flâne pas, et j'entre vite sous les couvertures. Je lis un peu, avant de fermer la lumière. Je n'écris pas au lit et ne me touche pratiquement jamais, sauf dans des moments de grande tendresse, quand j'oublie jusqu'à la forme de mon corps. Trop grand et mince, desséché par les dialyses et une diète sans gras. Blême, parce que toujours à l'ombre, isolé dans ma garde-robe où le jour n'entre jamais, esseulé dans mon fauteuil de l'oubli où même mes rêves ne me tiennent plus éveillés. Je m'imagine un être hybride, mi-homme, mi-animal, un loup sûrement, au pelage mangé par les poux, rachitique.

Simon, lui, couchait nu ou, quand il faisait un peu froid, avec un simple t-shirt, laissant son sexe exposé, comme le font les mâles dominants. Seuls les loups *alphas* lèvent la patte en urinant. Eux seuls peuvent marcher la tête haute et s'exhiber sans détour. Simon se regardait longuement dans le miroir. Ses pectoraux étaient développés et ses cuisses fortes. Mais il n'y avait rien d'exagéré dans son corps.

Avant de fermer la lumière ou de plonger sous les couvertures, il se contemplait de profil ou de face, s'étirant de tout son long. Il vérifiait la fermeté de son abdomen et de ses fesses. Il palpait ses biceps et triceps, en tordant ses bras vers l'intérieur. Ses poses étaient nombreuses. À califourchon, les jambes écartées, raides et sculptées. Étendu de tout son long sur le sol. Il cambrait les pieds, puis relevait ses genoux jusqu'au ventre, un à la fois. Il descendait ensuite à répétition ses coudes jusqu'à mi-cuisse, ses mains derrière son cou, le torse droit. On aurait dit qu'il valsait, ses bras s'étiraient jusqu'au mur, sa tête tournait de tous les côtés. De mon œil-de-bœuf, cette gymnastique m'apparaissait à la limite de l'obscénité. Et je ne voyais pas tout. Après un certain temps, et c'étaient des moments de grande frustration pour moi, il s'éloignait du miroir pour s'étendre sur son lit, à l'extrême limite de mon champ de vision. Je ne discernais plus alors qu'un pied ou un mollet, d'autres

parties encore que je ne reconnaissais pas. Mon éloignement, l'étroitesse du miroir et ses angles morts faussaient
la perspective et me renvoyaient du lit des images défor-
mées, qui se brouillaient même complètement dès que
Simon s'animait.

Il avait facilement une érection. Elle lui venait presque
naturellement, dès qu'il se dénudait. Cela commençait devant la glace. Il prenait son sexe dans sa main droite et
continuait à s'examiner de tous les côtés, le ventre rentré,
les muscles bandés. Il restait quelque temps dans l'axe du
miroir, appuyé contre la commode ou à genoux au pied du
lit. Son corps tendu, ses doigts écartés. Une main cachée.
Puis, rien. Je le perdais de vue. Tant que le miroir alimen-
tait son désir, je pouvais l'admirer ; mais, dès qu'il en était
repu, il se déplaçait, dérivait sur son lit et sortait de mon
champ de vision. Sa jouissance m'était inconnue. Je parta-
geais tout de son intimité, sa façon de se peigner ou de
s'habiller, de se brosser les dents au lavabo de la cuisine,
de se gratter le dos, tout sauf ce moment suprême où il
mourait juste un peu. Il se dissolvait dans le blanc, et celui
de ses murs était aussi opaque que celui de mon imagination.

Ces soirées étaient mes favorites. J'aurais voulu prendre
des notes, comme un biologiste sur le terrain, attentif aux
moindres gestes de ses sujets, mais le crayon me tombait
sans cesse des mains. Je ne parvenais pas à me concentrer,
à suivre les lignes du cahier. Il faut baisser les yeux pour
écrire et je gardais les miens rivés sur mon voisin. Je n'aurais pas voulu être à ses côtés, au moment où ses mains
descendaient sous la ligne de flottaison de ma conscience,
l'espace qui nous séparait me protégeait bel et bien de ces
mouvements de ma pensée, mais je m'imbibais de ce désir
que ses pratiques libéraient et qui voguait jusqu'à ma
cellule, à travers vents et ruelles.

Les séances de Simon ne duraient que quelques instants, une île dans la mer d'heures que je passais à navi-
guer sur sa vie, mais leur effet sur moi durait pendant des
jours. Elles alourdissaient mon sang, m'empoisonnaient
plus rapidement que de coutume et me rendaient plus
sérieux, taciturne. J'étais témoin d'un mystère, dont j'étais
devenu, grâce à mon œil-de-bœuf, un des rares initiés.
L'absence de tout bruit émanant de sa chambre transformait ses explorations en une cérémonie solennelle, et mon
éloignement, ma solitude les transfiguraient en une expérience mystique. Je perdais tout sens des proportions, je me
sentais en rupture, les amarres détachées.

Mais ces soirées n'étaient pas les seules où des corps
s'exhibaient, se dénudaient et se présentaient devant les
eaux troubles du miroir. Elles n'étaient que préparation à
ces autres séances auxquelles participait France, dont les
besoins étaient autant tactiles que visuels. Quand elle
passait une nuit complète chez Simon, le spectacle commençait lentement, mais il se rendait loin. Ces soirs-là, je
veillais plus tard que d'habitude, je faisais des heures supplémentaires et, quand je me couchais enfin, je me sentais
enveloppé d'une onctueuse chaleur. Je m'endormais en ne
pensant plus à rien, je me laissais bercer par le rythme
d'une respiration devenue lourde après toutes ces heures
d'attente et de tension. Le même scénario se répétait une
fois par semaine, le jeudi, avec une reprise possible le
lundi. J'avais l'impression d'être en présence du bonheur.

Avant de s'ouvrir, leur nuit d'amour était invariable-
ment précédée d'une série d'actes discrets, d'une tendresse
qui ne se percevait pas à première vue, mais qui se laissait
facilement deviner par la suite. La représentation débutait
au souper ; les têtes se rapprochaient, les mains se frôlaient,
les plats étaient délaissés. Et quand, après le repas, les
longues conversations et les sourires, le couple disparaissait

au salon, ne me laissant plus à considérer que des restes de lumière, ombres allongées du réfrigérateur et de la table, vagues reflets dans le miroir au-dessus de l'évier, bouteilles et petits pots sur le comptoir, dont les formes aux contours devenus flous dessinaient des paysages lunaires, je savais que mon attente serait récompensée par un spectacle d'autant plus beau que j'en étais le seul, quoique lointain, spectateur. Ils jouaient à guichets fermés et je les contemplais les yeux grands ouverts.

Dans mon numéro préféré du *National Geographic*, un biologiste décrit sa longue attente enfin récompensée lorsque, pour la première fois, il a réussi à s'approcher de la tanière d'une famille de loups blancs. Toute sa vie, il avait rêvé de se faire admettre par une famille de loups afin de mieux les comprendre et de les filmer, afin d'assister à des scènes de leur vie, d'admirer les louveteaux, les mâles et les femelles, leurs techniques de chasse, leur sens de la hiérarchie mais aussi de l'entraide et de la communauté. Et quand, enfin, il a pu le faire, accompagné d'un photographe partageant sa passion, quelque part dans le Grand Nord canadien, il s'est senti à la fois choyé et désarmé. Tout était là, en face de lui, ce qu'il avait toujours désiré, et il a ressenti un profond sentiment d'incompétence. Il ne parvenait pas à mettre par écrit ce qu'il avait vu. Les mots lui manquaient, mais pas seulement les mots, l'imagination et la capacité de séparer les événements de ses émotions. Tout était emmêlé. Aussi, au lieu de parler des loups, il s'est mis à décrire ses inquiétudes et ses états d'âme, à nous entretenir de l'importance de l'image de son père, puis de son grand coup de cœur quand les loups sont apparus et qu'ils ont hurlé aux autres l'annonce de sa présence. Il a écrit une phrase magnifique qui résume l'immensité de sa tâche. *Seule la montagne a assez vécu pour écouter objectivement le hurlement du loup.*

Je me sentais exactement comme ce biologiste, quand Simon et sa maîtresse entraient enfin dans la chambre à coucher et qu'ils allumaient quelques lumières pour se donner de l'espace. Coincé dans ma garde-robe, j'étais réduit à une écoute flottante où tout s'emmêlait, la scène de la rue Boyer et mes deuils du Colorado, les rails et la ruelle, les loups et l'amour. Avais-je assez vécu pour décrire avec justesse les ébats du couple ? France, dont j'ai appris le nom plus tard, quand elle avait déjà quitté Simon, exigeait un rituel pour s'exprimer. Il ne s'agissait pas seulement de l'embrasser ou de la tenir par la taille, mais de l'approcher par la danse, de la déshabiller longuement. Leurs rapports commençaient face au lit, dans l'axe du miroir, et les gestes étaient nobles, théâtraux. Leur lenteur surtout étonnait, chaque geste était fait avec minutie, le fruit d'un long travail, d'une pratique longtemps mûrie. Les gestes valaient comme acte, mais aussi comme spectacle et représentation. France ne s'étirait pas, assise sur le lit, les jambes repliées, les deux bras vers le ciel, elle mimait un étirement, dans une symbolique aux reflets mordorés. Elle donnait son corps en sacrifice dans une gestuelle qui laissait son amant pantois.

La scène demandait quelques accessoires et elle les sortait des tiroirs de la commode. Il y avait des objets dont j'ignorais jusqu'au nom, qui passaient vite d'une main à l'autre et qui disparaissaient dans les replis de son corps, des objets dont les fonctions m'étaient inconnues. Puis, il y avait des cordons et des foulards de soie, quelquefois même un loup que Simon se mettait aussitôt, s'enroulant d'une cape de velours bleu. Sur le lit, France se drapait de tout ce qu'elle avait trouvé et ses seins, petits comme des oranges, ses fesses rondes et basses, son pubis aux poils courts s'évanouissaient sous les tissus et les parures. Le peu de contacts corporels qu'ils avaient m'étonnait toujours. Chacun était retiré dans son univers. Des corps séparés par le désir. France descendait ses mains jusqu'à son sexe. Simon se transformait en statue de sel.

Le jeu durait un certain temps, puis le rythme changeait et une nouvelle phase s'amorçait. Simon s'approchait du lit, France se retournait sur le ventre et disparaissait de mon champ de vision. Simon faisait de même. Je ne voyais plus rien. À ces moments, l'envie de hurler me prenait. Quand enfin les corps se rapprochaient jusqu'à se toucher, quand les doigts s'avançaient là où ils sont attendus, là peut-être aussi où ils vont surprendre, et que des liquides allaient changer de corps, sueurs, salives et toutes ces autres sécrétions qui apparaissent au fil des secousses. Il n'y avait plus qu'une commode en partie vidée, un mur blanc jauni sous l'effet de la lampe de chevet, un miroir déteint, un lit secoué par des mouvements violents, et des pieds.

Mon manque d'expérience était tel qu'il ne me permettait pas d'imaginer de façon concrète ce qui pouvait se passer à l'extérieur des limites du miroir. Je comprenais bien qu'un sexe se joignait à l'autre, que des coups étaient donnés qui assuraient la pénétration. J'avais déjà lu que les hanches de l'homme y jouaient un rôle essentiel, que toutes les muqueuses devaient être lubrifiées et que certaines positions favorisaient la jouissance de la femme, mais je n'avais aucune idée de la signification exacte de ces conseils. Quelle position adoptaient France et Simon dans leurs ébats? Que faisaient-ils de leurs mains? Se servaient-ils des foulards de soie? France était-elle attachée? J'étais obligé d'imaginer moi-même des suites, qui devenaient tout aussi fantasmatiques que ce Colorado que j'avais quitté depuis trop longtemps et dont le souvenir était marqué par la mort d'Oslo. Je devais inventer des réponses à toutes les questions que leur dérive hors de l'axe du miroir provoquait. Cela donnait à l'acte des proportions incroyables ; j'imaginais des positions que seuls des acrobates devaient être capables de prendre, après un entraînement soutenu.

Pour m'aider, j'ai pensé acheter de ces films pornographiques qu'on trouve dans les magasins spécialisés, des films aux titres invraisemblables et aux contenus étourdissants. Mais le premier que j'ai trouvé m'a fait tellement peur que je n'ai plus jamais recommencé. Je n'avais jamais vu de sexes d'aussi près, de sexes d'homme, mais aussi de femme, dans un éclairage cru. Tout était tellement gros et rouge, les visages, le phallus, les lèvres, qu'on aurait dit un univers de géants vivant dans un Palais des nains. Et quand les sexes se sont rencontrés, quand ce que je ne parvenais pas à m'imaginer seul s'est produit, les points de vue étaient surréalistes. Les scènes d'amour de Simon et de France étaient d'une grande intensité et leur beauté venait du trouble qui existait entre les deux, de gestes sans cesse retenus, d'un désir exacerbé par un rituel lourd et obsédant. Dans le film, rien de cela n'était présent. L'acte y était totalement blanchi de tout sentiment, de tout désir, deux machines qui se heurtaient et se tamponnaient devant mes yeux. Et l'éjaculation... Elle m'a fait arrêter l'appareil, rembobiner la cassette et la jeter à la poubelle. J'aurais réussi à m'adapter au reste, à cette pénétration vigoureuse, débridée par moments, machinale à d'autres, s'il n'y avait pas eu cette fin incroyable, celle d'un sexe qui se retire et qui émet par jets imposants sa substance. Juste à y penser, j'en ai encore des frissons.

Nous avons marché le long de l'avenue Émile-Duployé, sur le trottoir, à côté de la clôture du terrain de baseball. La nuit était idéale. Marianne soutenait William par le bras. Elle parlait à voix basse. Des ombres se profilaient au loin, un quatuor de patineurs, des bicyclettes paresseuses. L'heure était à la rêverie, aux conversations discrètes, aux plaisirs étouffés.

Nous nous sommes dirigés vers les terrains de tennis, surfaces vertes marquées de blanc, quatorze rectangles séparés en deux rangées, un grand dortoir dont les lits restaient inoccupés la nuit, protégés par des grilles de près de quinze pieds de haut. Comme nous approchions, William s'est mis à parler de sa jeunesse. Il avait eu une crêperie, près du pont-tunnel Hippolyte-La Fontaine : *Au roi de la crêpe*. Il avait voulu être marin et avait fait mettre des coquillages partout et des tableaux maritimes, des bateaux aux voiles noires qui affrontaient des mers agitées bordées de falaises. Puis, pressé par Marianne, il a fini par se souvenir du conflit qui l'avait opposé à son fils. Une histoire de succession. À la mort de sa grand-mère, qu'il avait beaucoup aimée, Simon avait revendiqué une part de l'héritage. Il voulait s'acheter du matériel d'artiste. Sa grand-mère le lui avait promis, mais rien n'avait été mis par écrit et William avait refusé. En fait, son fils s'était comporté comme si tout lui revenait de droit, accusant son propre père de dilapider le patrimoine familial. « Mais un homme, même un père, ne doit rien à ses enfants, nous a-t-il expliqué. Un fils doit mériter sa fortune. On ne construit rien sur un héritage. » Et ils s'étaient séparés sur ce litige.

Marianne était du même avis. Un héritage pouvait ruiner une vie. C'était une arme à double tranchant. Elle s'apprêtait à poursuivre, mais je l'ai coupée, affirmant au contraire qu'il était important qu'un père transmette quelque chose à son fils. N'importe quoi. Mais une marque. Une preuve. Elle m'a regardé avec dédain.

Nous avions atteint l'allée qui passe entre les tennis et les estrades du terrain de baseball. Marianne nous a indiqué qu'il fallait tourner. Elle voulait qu'on s'éloigne de la rue, pour retrouver la noirceur de l'intérieur du parc. « Dans le noir, a-t-elle confié à William, la moindre ombre se transforme en corps animé. Tout acquiert une nouvelle identité. »

J'ai pris les devants et j'ai commencé à marcher d'un pas décidé. Mais je ne me sentais pas bien. L'alcool commençait à faire des ravages dans mon système digestif. Je n'avais pas accédé à ce nouvel état de conscience, à ces lieux que décrivait Marianne avec délices, je me retrouvais plutôt dans une fange épaisse et incolore, qui s'infiltrait partout, jusque dans mes désirs. Un mal de tête rôdait aux confins de ma boîte crânienne. Un *alpha*, un mal à ne pas perdre sa proie, mais à la surveiller jusqu'à ce qu'elle faiblisse, qu'elle ait un moment d'inattention et qu'elle offre sa jugulaire aux canines acérées de la douleur.

J'ai continué à marcher, pendant que je rêvassais, et ma trajectoire a dévié jusqu'à ce que mes pieds foulent l'herbe à droite de l'allée et que je trébuche sur une racine. Le sol était mouillé. Je me suis essuyé les mains sur mon pantalon. J'étais seul. William et Marianne ne m'avaient pas suivi, ils étaient même déjà assis contre la clôture du tennis, tout près des estrades. Un homme leur tenait compagnie et profitait déjà des largesses de Marianne. Vodka et chips au vinaigre. Je suis revenu sur mes pas.

Marianne m'a offert son plus beau sourire, celui qu'elle réserve aux indésirables, puis elle s'est retournée vers son nouveau compagnon, en haussant légèrement les épaules. Il ressemblait à une version moderne d'Edgar Allan Poe, avec ses cheveux ébouriffés, son front saillant, sa moustache mal taillée et son menton pointu. Deux fentes dans son jean laissaient voir ses genoux. Il fumait une gitane.

Marianne a fait les présentations. Xa m'a félicité. Traverser le parc avec William... C'était inédit. Mystique, a-t-il ajouté. Je ne savais quoi répondre. Ma quête n'avait rien de mystique. Simplement une façon de me réconcilier avec moi-même, de tout ramener dans le droit chemin. La voix de Xa était basse, rauque et instable. Elle le rendait attachant. Je me suis assis à ses côtés.

— Pour dépasser les limites, il faut refuser le raisonnable.

— Du Nietzsche ?

— Non, du Racine. Je suis intrigué. Ça vient d'où, Xa, au juste ? Un nom hindou ?

— Mais non... Je ne pouvais pas supporter le reste. Il y a des noms qui rendent idiots. Xavier, c'est pour les bourgeois. Xa, c'est mieux. Ç'a de la force. Xa. On le retient. On s'en souvient. C'est rare. La richesse d'un nom vient de sa rareté.

— J'avais un ami dont le nom était rare aussi. Oslo. Il avait été conçu dans cette ville et ses parents ne l'avaient pas oublié.

— Un nom, ça ne fait pas que se porter. C'est un héritage. Ça transporte plein de choses. Les Amérindiens changeaient de nom dès qu'ils avaient franchi une étape de la vie. Un nom par période. Je suis devenu Xa, et ça me va bien. Même s'il est court, mon nom est plus large que ma personne, il englobe tout ce que je suis, tout ce que je transporte avec moi. Le passé, l'avenir.

William avait étendu ses jambes, son pantalon était remonté et on voyait, à l'enflure de ses chevilles, que son médecin n'avait plus le choix. Je me demandais simplement à quelle hauteur l'amputation aurait lieu : en bas des genoux, pour être certain d'avoir tout nettoyé, ou juste en haut des chevilles, en haut du bleu, pour laisser le plus de mollet possible ? J'ai offert une cigarette à la ronde. Xa a souri. Il m'a demandé ce que je faisais le jour.

— J'habite le Palais des nains.

— C'est un travail ?

— Presque. Sinon, j'écris.

— Et pourquoi le Palais ?

— Pour me sentir étranger dans mon propre logement. J'ai pensé que le Palais me servirait de prétexte. Mais ça ne marche pas. Je n'arrive pas à me concentrer. Habiter le Palais demande une attention de tous les instants. Je tourne en rond. Je voulais écrire, mais je ne parviens pas à me mettre en train. Dès que je m'approche de mon bureau, mes idées s'envolent. Et je m'enfonce.

Je me suis arrêté. Une petite brise avait commencé à nous rafraîchir. Elle nous a apporté un étrange murmure, difficile à distinguer mais que Xa a saisi sans peine. Il s'est relevé d'un coup.

— Marianne, entends-tu ? Le chant vient du sud.

— Qu'est-ce que c'est ?

— Écoute. Ça doit valoir cent points !

— Mais je n'entends rien, Xa ; seulement le bruit du trafic. Ou peut-être le crépitement des roues alignées sur l'asphalte.

— C'est toute cette neige, elle ne t'abîme pas seulement les poumons. Écoute direction sud-sud-ouest.

— William, entends-tu quelque chose ?

— Non. Toi, Mitchell ?

— J'entends un ronronnement de chat, lointain, mais régulier.

— Tu l'as, c'est un grincement, le grincement de l'amour. Un couple fait l'amour. Hétéro, en plus, et la fille n'est pas une professionnelle, c'est trop bruyant. Cent points.

— ...

— Mitchell, la nuit dans le parc, il y a différentes sortes de gens, il y a ceux qui font et ceux qui observent. On a développé un petit jeu, avec des points. Quand on intercepte quelque chose, comme maintenant, on se donne des points. Un couple hétéro vaut cent points, parce que c'est rare ; une prostituée au travail, c'est cinquante ; un prostitué mâle, quarante, il y en a beaucoup. Un triangle amoureux, c'est deux cents points. Quand il y a un voyeur, on ajoute dix points par personne, sauf quand on est découverts, et on perd alors la moitié des points accumulés.

— Et qui tient le compte des points ?

— Le système est informel. Il n'y a rien à gagner, on se fait confiance. Il y en a qui mentent, mais s'ils se font prendre, ils perdent tous leurs points. Bon, il faut y aller. Marianne, aide William à se lever, on va débusquer nos tourtereaux. Tout le monde debout !

— Ah non !

— Il faut se lever, Marianne, tu le sais, c'est la règle. Quand on trouve un couple, il faut y aller tous ensemble.

— Pas cette fois-ci, Xa. Je m'occupe de William. Ses pieds lui font mal, il ne le supporterait pas. Déjà que nous devons nous rendre de l'autre côté du parc, il faut qu'il ménage ses forces. Amène Mitchell, il ne demande pas mieux... Allez trouver le couple et revenez ici nous conter la scène, on va vous attendre. Promis.

Je suis parti avec Xa. Le jeu m'avait séduit. Bientôt, nous marchions contre la grille et j'ai été étonné de l'agilité de mon guide. Il connaissait le parc à fond, l'emplacement de la moindre racine, de la plus petite crevasse. Il savait où il fallait mettre les pieds pour éviter tout bruissement, quel arbre était assez large pour que nous puissions nous cacher. Mon parc de jour, avec ses allées de ciment, ses sentiers bien délimités, le vert de ses feuillus, n'avait rien à voir avec cet espace fait d'odeurs et de bruits, d'une noirceur lourde d'aventures. Nous avons avancé lentement, le dos courbé, les mains presque au sol, et nous avons tenté de déterminer l'emplacement exact des craquements de branches. Je devais combattre mes propres bruits intérieurs, qui créaient de l'interférence, mais j'avais eu de l'entraînement. À force de voir ce que je ne pouvais entendre, j'étais maintenant capable de percevoir sans problème ce qui échappait encore au regard. Mais je ne parvenais que difficilement à rester courbé. Je me suis relevé.

Xa a tenté de me rabattre au sol. J'ai voulu lui expliquer mon état, mais il ne m'a pas écouté. Il était aux aguets et craignait que notre arrêt ne mette ses points en péril.

— J'aimerais savoir…

— Chut!

— Pour Marianne. Tu la connais mieux que moi. Pourquoi file-t-elle un mauvais coton?

— C'est sa fête… Chut!

— Elle devrait être contente!

— Mais non. Tu comprendrais si tu devais fêter ça comme elle.

— Pourquoi?

— Tu lui demanderas. Tu es assez grand pour le faire…

— J'ai peur d'être indiscret.

— Bon, écoute, séparons-nous. Prends par la gauche, je tenterai de m'approcher par le petit sentier.

— Ne me laisse pas seul!

— Chut!

Et il est parti. Je devais dorénavant me débrouiller sans lui. Et je n'en savais pas vraiment plus sur Marianne.

Était-ce son anniversaire qui la rendait nostalgique ? J'étais inquiet. La nuit venait de s'alourdir. Il n'était pas prudent de rester immobile. J'ai commencé à me déplacer d'un arbre à l'autre en catimini, mais mon équilibre était précaire. Je me suis arrêté au petit îlot de sapins, peu après l'ancien terrain de soccer, et j'ai reconnu au loin la forme effilée de la sculpture dédiée au général de Gaulle. Elle était illuminée de toutes parts, ses lignes étaient droites, s'élançant vers le ciel et la nuit. De l'autre côté de la rue, je le savais, il y avait l'hôpital Notre-Dame.

Je me suis dépêché. Je voulais m'y rendre le plus rapidement possible et, si j'étais chanceux, le couple pouvait même s'y trouver, collé contre le monument, le dos de la femme écorché par le ciment pendant que l'homme la prenait debout, sa taille entourée de ses jambes. Je me suis mis à courir. Et je suis arrivé là, essoufflé, les jambes en guenilles. Mais il n'y avait personne. Ni Xa, dont je ne voyais l'ombre nulle part, ni couple en train de faire l'amour. À cette heure de la nuit, même les passants étaient absents. Quelque chose n'allait pas, ça se tramait au fond de moi.

Je n'ai rien contre la solitude, je m'en accommode bien habituellement ; depuis mon arrivée à Montréal, je passe tout mon temps à l'écart des autres. Mais là, devant ce pic strié de bleu, cette sculpture aux côtés irréguliers, ma solitude est devenue insupportable. Je les voulais là contre le ciment, en pleine étreinte, et j'étais seul. Si au moins Xa était apparu pour m'indiquer où ils étaient, je me serais ressaisi, mais le silence n'était perturbé que par le ronronnement régulier des projecteurs. Je me suis assis sur le banc de granit en face de la sculpture. J'étais à bout de souffle.

Je n'avais jamais aimé cette sculpture, que je trouvais trop simple à mon goût, une série de blocs de pierre aux formes irrégulières, montés les uns sur les autres, du plus gros au plus petit, des blocs qui avaient l'air anodins et que le premier artiste venu aurait pu monter les yeux fermés. Mais, à y regarder de plus près, les calculs requis pour les ajuster et leur donner cette forme transparaissaient. Un triangle rectangle ne perd pas son hypoténuse sans raison.

De mon banc, je n'apercevais que deux des cinq côtés, un droit, taillé de façon régulière, et l'autre comme arraché du roc, fait de saillies, de creux et de bosses, de ces accidents de la pierre qui marquent son caractère. Et en plein milieu de ce côté, une fente, une raie, un repli dans lequel on pouvait distinguer une traînée de bleu, une tache en quelque sorte privée, puisqu'il fallait s'approcher du monument pour la distinguer. À l'image des pieds de William, assis contre la clôture du tennis, loin, très loin. L'angle du côté poli, surtout, m'étonnait. Il n'était pas droit. Le monument n'apparaissait pas perpendiculaire au sol, mais incliné sur le côté, comme la tour de Pise. On le remarquait surtout quand on voyait en même temps les angles très droits de l'hôpital. Le monument reposait contre un mur invisible, et pourtant il tenait seul.

Dépité, je me suis demandé quoi faire. Je ne voyais plus le monument, mais l'hôpital qui se profilait derrière, de l'autre côté de la rue, avec ses salles éclairées, ses machines à traiter le sang, son confort. J'étais partagé entre retourner vers William, qui m'attendait pour la suite de notre voyage, et entrer à Notre-Dame où m'attendait mon sang. Ma tête me disait de suivre le bleu du monument et de rejoindre William ; mon corps, dans ses nombreux soubresauts, me demandait de traverser de l'autre côté.

Je me suis levé, décidé à soigner d'abord mon corps. J'étais étourdi. Je me suis avancé vers la pierre et je lui ai touché. Elle était froide. Le bleu, par contre, dans la fente, était chaud, presque humide au toucher. J'ai tenté, je ne sais pourquoi, de me loger dans ce repli, d'y disparaître, mon visage contre le bleu. J'étais trop grand et la couleur m'a fait frissonner, quand j'y ai touché avec ma langue. Je suis parti vers la droite, déterminé à quitter le parc.

Juste avant d'atteindre le trottoir, je me suis arrêté pour lire l'inscription sur le petit panneau. Je croyais trouver la fiche signalétique de la sculpture, les matériaux utilisés, le nom de l'artiste, l'année de production ; j'y ai lu plutôt une phrase qui m'a redonné courage et m'a fait retourner à William. *Soyons fermes, purs et fidèles, au bout de nos peines, il y a la plus grande gloire du monde, celle des hommes qui n'ont pas cédé.* En temps normal, je l'aurais prise avec un grain de sel, mais là, sous une lune ronde, en pleine indécision, j'en ai tiré une résolution qui m'a ramené à mon projet.

C'était une phrase du général de Gaulle. Le bleu de la fente était un signe dont le sens m'apparaissait maintenant avec force. La statue renvoyait à William, qui se tenait droit malgré le bleu de ses pieds. Il était ce monument, ces morceaux de pierre à l'équilibre incertain. Je m'étais éloigné de lui, j'avais été sur le point de capituler, et je le retrouvais là, inscrit dans la pierre. Je ne pouvais plus l'abandonner, je devais continuer à l'aider. Simon le méritait bien, après ce que je lui avais fait. Notre-Dame pouvait attendre, je m'occuperais de mon corps plus tard. J'avais frôlé les frontières du parc, failli sortir de son enceinte, mais je n'avais pas cédé et j'étais prêt à retourner en son centre.

Il ne faut qu'un météorite pour modifier en profondeur la surface d'une planète, au point de faire disparaître ses dinosaures ou de la faire sortir de son orbite. Un météorite et pouf !... Une petite planète de perdue dans le firmament, loin de son soleil, tournoyant inutilement dans l'espace. Le météorite en question s'appelle Marianne et il a fait perdre à Simon sa trajectoire.

Je n'ai jamais su tous les détails mais, un jour, le météorite a croisé, le temps d'une déflagration, l'orbite de Simon et il a été propulsé dans un trou noir. Comment France l'a-t-elle appris ? À qui Marianne en a-t-elle parlé ? Au moment de nos séances au Palais des nains, Simon ne le savait toujours pas. Tout était fini, il n'y avait plus rien à faire, disait-il, surpris par la vitesse des événements. Je lui ai expliqué ma théorie des météorites — après leur passage, plus rien n'est pareil —, mais il n'était pas convaincu. Mon hypothèse était trop simple à son goût. Et tous les coups de foudre, accidents de train, maux de reins que j'ai pu avancer à titre de preuves n'ont pas réussi à le séduire. « Les tragédies ne s'expliquent pas par des météorites, répondait-il. Elles sont le fait des dieux, la marque de leur emprise sur nos vies. On se sait jamais à quel schéma profond répondent les événements de nos vies. Nous vivons dans la diffraction, les météorites n'ont rien à voir là-dedans. »

Le passage du météorite s'est produit un samedi soir. Les lumières de la rue Boyer étaient éteintes, signe que Simon devait être sorti. J'en avais profité pour faire mon lavage, nettoyer un peu l'appartement, ranger la cuisine. Une soirée nostalgique, que j'avais passée à étendre mon linge sur une corde improvisée dans le couloir. On jouait souvent, Oslo et moi, avec nos soldats de plomb. On tendait des cordes à travers les pièces, on faisait des montagnes à l'aide de couvertures et de serviettes de bain, des boîtes de chaussures servaient de camp, où, retranchés, nos hommes préparaient leurs armes. Tout servait de munition : billes multicolores, crayons de cire, pièces de monnaie. Dans les corps à corps, nos soldats se servaient de cure-dents. Ils s'accrochaient aux cordes et voltigeaient comme des trapézistes. Le jeu durait des heures. Quelquefois, nous combattions ensemble des ennemis invisibles. Des êtres de l'ombre que nos soldats attaquaient de front, des Amazones aux cheveux fous et des Centaures furieux, des démons venus du centre de la Terre. Il n'y avait pas de limite à notre imagination. Oslo était capturé et j'allais le délivrer, détachant les lianes qui le retenaient.

Une fois de temps en temps, je jetais un coup d'œil à l'appartement de la rue Boyer, mais tout était calme. Vers minuit, pourtant, la lumière de la chambre à coucher s'est allumée et deux personnes ont traversé mon champ de vision. L'une était Simon et l'autre, que j'ai reconnue aussitôt à ses cheveux rouges, à son visage en forme de flocon et à son corps menu, Marianne ! Je ne savais pas qu'ils se connaissaient, encore moins à ce point puisque sitôt entrés dans la chambre, ils ont commencé à se dévêtir et à s'embrasser. Debout. Le spectacle n'était pas calculé ; c'était un torrent de gestes, confus, désordonnés, brouillons. Elle lui a montré son premier tatou, son papillon bleu et rouge, il a tenté de ne pas le laisser s'échapper. Ils se sont collés contre le mur, et la force de leur étreinte a fait tomber le miroir. Ils se sont précipités sur le lit, sûrement pour contempler le second, situé là où le regard se brouille. Je ne reconnaissais plus Simon, son sens du spectacle avait disparu. Il n'était plus le grand prêtre d'une célébration au rythme langoureux, inexorable, mais le disciple naïf et inexpérimenté d'un rite nouveau. Il était violent dans ses caresses, gauche. Ses cheveux étaient dépeignés, les muscles de son dos tressautaient. J'aurais voulu en voir plus, mieux comprendre la scène dont j'étais témoin, la violence d'un acte qui se faisait dans l'improvisation et une débauche presque sauvage. Au contrôle succédait un désir sans forme, mais effréné.

Je m'apprêtais en fait à ranger, sur l'étagère de la garderobe, la chemise en soie avec un imprimé beige et or que je venais d'acheter au Château, quand j'avais eu l'idée de regarder une dernière fois par l'œil-de-bœuf. Et je me suis assis en vitesse, quand j'ai compris ce qui se passait, ce qui était déjà commencé et qui s'accélérait de façon exponentielle. La chemise a subi un dur traitement, secouée aussi brutalement que Marianne, plaquée contre le mur du fond, suspendue dans les airs, ses jambes autour de la taille de Simon. Leur étreinte était brutale. Les doigts de Marianne s'enfonçaient dans le dos de son amant, pour remonter jusqu'à sa nuque. Simon semblait foncer tête baissée dans ce corps qu'il aplatissait sous l'effort. Et quand le miroir est tombé, quand la surface dépolie a glissé jusqu'au sol, juste avant qu'ils rejoignent le lit, j'en ai été bouleversé. Je ne pouvais plus suivre leurs corps dans ce ballet démesuré, gauche, laid même, mais troublant. Je ne voyais plus que le mur découvert par la chute du miroir, un long rectangle d'une couleur un peu plus pâle, et les ombres causées par les corps quand ils passaient devant la lampe de chevet. Je me sentais dépossédé.

Je suis resté là, impuissant, à attendre qu'ils finissent et ferment la lumière. Mais la petite ampoule est restée allumée. Et, de toute la nuit, je n'ai pas quitté mon poste. Je me maudissais de ne pouvoir me séparer de ce mur blanc au rectangle vide, mais je ne pouvais m'éloigner ni fermer l'œil. Ont-ils dormi la lumière allumée, ont-ils fait l'amour toute la nuit ? Le visage collé contre la vitre, j'ai épié les moindres ombres, espérant détecter un mouvement qui aurait signalé quelque chose, mais quoi ? Je ne le savais pas. La nuit a été pleine d'incertitude et le matin ne m'a apporté aucun réconfort. Quand Simon a fait son apparition dans la cuisine, il était seul pour déjeuner. Marianne n'était même pas restée, elle avait filé comme une araignée. Sans m'en rendre compte, j'avais dû fermer l'œil et elle en avait profité pour s'enfuir. Avec ses tatous, ses cheveux rouges et nos deux cœurs.

À partir de cette nuit-là, le corps de Marianne s'est mis à hanter mes rêves avec insistance. Quand elle avait montré à William ses tatous, j'avais ressenti un léger malaise. La peau, de proche, est faite de sillons, de pores, d'une multitude d'accidents, de poils qui poussent dans tous les sens et qui se croisent et se plient, de veines qui transparaissent, et les tatous de Marianne, même s'ils prenaient la forme d'un papillon ou d'une rose, étaient composés de lignes plus ou moins bien tracées. Le bleu ne ressemblait pas vraiment à du bleu et le rouge n'était pas plus franc, des ersatzs de couleurs, gravés dans la peau à coup d'aiguilles sales, porteuses de virus et de maladies. Mais, vus de loin et par la suite en rêve, ses tatous se sont transformés en signes d'une grande pureté. Débarrassés de toute cette peau, portés par un être immatériel, puisque fait de mes fantasmes, ils sont devenus des talismans sans prix. Et le désir qu'ils avaient généré chez Simon a déclenché cette modification, il a décollé les tatous de leur support, pour les graver en lettres écarlates dans mon imaginaire.

Je n'ai pas été seul ébranlé. Simon aussi en est sorti diminué. Il a perdu France, qui n'a pas accepté cet écart de conduite. Il n'a jamais remis le miroir non plus, qui avait dû se briser sous le choc. La rencontre de Marianne avait été un événement unique, qui ne devait plus jamais se répéter, mais elle a entraîné un désordre important dans nos vies jusque-là bien réglées. Ma perspective sur sa chambre à coucher était dorénavant limitée à un mur vide, où quelques ombres chinoises venaient parfois se déposer. Il ne me restait plus en fait que la cuisine et la salle de travail, où je savais par expérience qu'il ne se passait jamais rien. Tous les deux, nous avions à souffrir du passage du météorite.

Notre infortune croisée a été, pourtant, la source d'une plus grande intimité entre nous. Loin de nous séparer, l'irruption de Marianne nous a rapprochés, au point de nous faire passer nos après-midi ensemble, à quelques pas l'un de l'autre, réunis par une cause commune. Je suis même devenu, pendant quelque temps, tout aussi indispensable pour lui qu'il l'avait été pour moi, mes soirs de vigie. Et à mon tour je suis devenu l'objet d'une attention soutenue, qui s'est portée sur ma personne, mon corps, mes mains, mon propre espace, avec ses meubles, ses souvenirs et ses tabous.

❏

Simon s'était mis à boire, pour oublier le départ de France, et il a commencé à fréquenter la taverne au coin de la rue de Mentana, tout près du Palais. Je l'ai trouvé là un mardi après-midi, en rentrant de ma dialyse. J'étais sorti du parc à la hauteur de Duluth. J'avais monté la rue Saint-Hubert, pour revenir par Rachel. En regardant par la fenêtre de la taverne, je l'ai vu attablé, une bière à la main. Il lisait distraitement un livre. Je suis entré sans délai. Il m'a apostrophé. J'ai feint l'étonnement et je suis allé le rejoindre. J'ai commandé de l'eau minérale. Je me suis senti heureux comme un gamin, à quelques pouces de lui, assez proche pour l'effleurer ou même le prendre par le bras pour le consoler. Je lui ai demandé ce qu'il lisait. Un polar. L'histoire d'un homme qui se fait passer pour un autre.

— En fait, il se fait passer pour lui-même. Son père est très riche. Il décide pourtant de s'enfuir. Il n'en peut plus de sa famille, alors il fait semblant de mourir, noyé dans la mer. On croit à un suicide ou alors à un meurtre, mais aucun coupable n'est jamais trouvé. L'enquête piétine. Le fils part vivre sous une autre identité. Il apprend quelques années plus tard que son père est mort et qu'il pourrait hériter d'une immense fortune. Il décide de revenir et de se faire passer pour le fils qu'il est vraiment. On pense tout de suite à une supercherie. Le problème est que l'imposteur ne peut pas être pris en défaut.

— Évidemment, si c'est le fils.

— Mais on l'ignore au début. C'est bizarre. Il sait tout. Puis, on découvre petit à petit que l'imposture a un double fond, puisqu'elle cache ce véritable fils.

— C'est tiré par les cheveux…

— Peut-être. Mais la vérité se cache toujours sous la surface.

J'ai appris ensuite les détails de sa propre mésaventure. J'avais vu quelques épisodes, les principaux, ceux de la chambre à coucher, et il m'a raconté la suite. J'ai enfin compris ce qui s'était passé. Je n'ai pas été surpris, le tout ressemblait à ce que j'avais pu m'imaginer. France avait appris le passage du météorite et, offusquée, elle avait rompu sur-le-champ.

— Pour France, je devais me consacrer exclusivement à notre relation. Et le pire, c'est que je ne me souviens pas de ce que j'ai fait ! J'étais soûl… Je ne me rappelle même plus son nom. Et elle est partie avant que je me réveille. C'est très frustrant.

— En effet. Quand c'est arrivé, ça m'a ébranlé. Je veux dire : quand ça m'est arrivé à moi aussi.

— Tu fais l'amour, ça prend toute la place et, tout à coup, tu te retournes et tu es seul.

— On croit avoir rêvé.

— Puis le matin, c'est le cauchemar. Elle avait un tatou. Un papillon bleu, juste là.

— Tu ne la connaissais pas ?

— Si, un peu. Je l'avais déjà vue auparavant, dans des soirées, et je crois même qu'elle est venue une fois dans un de mes anciens logements, c'était une amie d'un de mes colocataires. J'imagine qu'on doit fréquenter à peu près les mêmes gens… Je ne sais pas ce qui m'a pris, je ne fais jamais ce genre de choses. Je me rappelle son visage, la couleur de sa peau, sa coupe de cheveux, et c'est tout.

J'ai ressenti une envie presque irrésistible de raconter à Simon ce qu'il avait vécu et dont il ne se souvenait plus, la violence de leurs gestes, la passion de leur étreinte. Je me trouvais dans une situation étrange, je connaissais mieux que lui cette partie de sa vie pourtant si importante, même si je n'avais eu droit qu'à ce qui avait précédé la chute du miroir. Je pouvais identifier cette maîtresse qui était disparue de sa vie et de sa mémoire, compléter la description de ses tatous, expliquer qu'elle comptait l'hiver les flocons sur un édifice de Montréal, reconnaître son parfum, parler de ses cheveux. Je pouvais vivre sa vie mieux qu'il ne s'en souvenait.

— Et tu n'as pas pu lui expliquer ?

— France s'en moquait. Il fallait que je reste fidèle à un idéal que nous nous étions donné et je ne l'avais pas fait. J'avais trahi sa confiance et elle ne pouvait me le pardonner. Je n'étais plus à la hauteur. Et j'ai été renvoyé. Tant pis pour elle… Mais je regrette déjà nos nuits.

— J'imagine.

— Non, justement, on ne peut pas se l'imaginer. C'était une expérience incroyable, envoûtante. Une drogue.

— Et si quelqu'un vous avait vus, je ne sais pas moi, un voyeur par exemple.

— Quelle idée! France aurait été scandalisée. Déjà qu'elle posait ses conditions chaque fois qu'elle venait à l'appartement... Tout devait être parfait. Elle avait l'âme d'une actrice, mais le tempérament d'une timide. La séduire impliquait des mises en scène élaborées. Mais je ne veux plus y penser. Tiens, parle-moi de tes nains. Comment va le roi? Et puis, non. Sortons d'ici. Montre-moi ton Palais. Je veux voir ton Palais des nains. Depuis que je sais qu'un très grand Américain y habite, je ne peux m'empêcher d'y penser. Je veux voir comment tu y vis. Allez, fais-moi faire une visite guidée, je te paierai les trois dollars.

J'ai donc montré à Simon mon palais personnel. Je ne voulais pas, mais il est difficile de raisonner quelqu'un qui a bu. Je ne pouvais m'imaginer Simon foulant de ses pieds mon couloir, entrant dans la chambre à coucher de Jeanne et peut-être même ouvrant la garde-robe mais, en même temps, je ne voulais pas courir le risque de le monter contre moi. Après toutes ces soirées à l'épier de loin, à travers une vitre, une ruelle, la nuit, je tremblais à l'idée de le voir en chair et en os entrer dans mon palais, fureter ici et là, regarder les mêmes photos et coupures de presse qui m'avaient emballé, rire de la taille de la toilette, de la cuisinière, de la table. Mais je ne pouvais lui en interdire l'accès.

Sa présence m'a rendu nerveux et agité. Mais Simon était insensible à mon inconfort, qui croissait au fur et à mesure qu'il avançait dans l'appartement. Et pour cause, il ne savait rien des interdits que de trop longues séances d'observation avaient implantés au Palais. Il ne savait pas qu'il pénétrait dans mon imaginaire, un univers composé de fragments de sa vie et de la mienne. Quand il s'est assis sur le canapé, mon fauteuil de l'oubli, ses genoux lui arrivant au torse, et qu'il s'est mis à rire en me demandant comment je faisais, il ne savait pas qu'il se mettait exactement là où je l'avais fait s'asseoir pour l'entretenir en rêve de mes plus récents cauchemars, ces sordides épisodes où Oslo revient pour me chasser de mon domaine.

Il a essayé les minuscules chaises de la salle à manger, il a regardé le contenu des armoires et a même ouvert le réfrigérateur pour voir ce qu'il pouvait contenir. Comme dans une foire, il a voulu tout essayer, tout voir. Et il a marqué de sa présence l'ensemble des meubles, des murs et des objets du Palais. Par ses regards, ses mains, ses pas, il y a inscrit sa signature.

Plus tard, quand il est enfin parti et que j'ai retrouvé le plein contrôle de mon domicile, je me suis écrasé sur le lit de Jeanne, transpirant abondamment, souffrant d'un mal de tête violent. J'avais l'impression que mon sang venait de surir et qu'il me déchirait les veines au lieu de les irriguer. Mon malaise était provoqué par la visite de Simon, par sa proximité, par son odeur, par son regard qui avait balayé les murs et mon corps tout à coup beaucoup plus grand que de coutume. Et quand il avait demandé ce qu'il y avait derrière la dernière porte du fond, quand il était entré dans ma chambre et qu'il avait aperçu le lit défait et mes quelques livres bien rangés dans la bibliothèque de Jeanne, mon cœur s'était mis à battre à tout rompre. La porte de la garde-robe était entrebâillée et on pouvait voir des parties de l'escabeau et de la planche de bois qui recouvre la fenêtre. Mon secret était là, étalé au grand jour, offert à la seule personne qui pouvait y voir autre chose que le divertissement étonnant d'un célibataire endurci. Il n'avait qu'à faire cinq pas, à lever les yeux et à finir d'ouvrir cette porte pour découvrir mon poste de garde et m'accuser des pires crimes contre sa personne. Les preuves étaient là, mais comme une lettre volée, il ne s'en était pas soucié. Il avait fait un bref commentaire sur le jaune des murs, puis nous étions retournés au salon. En partant, il m'avait même laissé ses trois dollars, qui étaient pleinement mérités.

J e suis revenu en courant aux terrains de tennis. Personne !
Encore une fois…

J'avais pourtant pris les bouchées doubles. Mais
Marianne et William n'étaient plus là. L'endroit était
désert, l'herbe n'était même plus chaude de leur présence.
Il ne restait de leur séjour que la bouteille de vodka, cou-
chée contre la clôture.

L'effort que j'avais consenti pour les rejoindre m'avait
éreinté. Des gouttes de sueur descendaient le long de mes
tempes et leur acidité me brûlait le cou. J'avais mal aux
articulations, de mes bras surtout et de mes poignets. Je me
suis assis là où William avait dû se reposer et j'ai fermé les
yeux. Pendant un bref instant, le Jardin des merveilles
m'est apparu, avec ses loups et ses paons.

Marianne était tout aussi imprévisible qu'Oslo. Je
m'étais souvent disputé avec Oslo parce qu'il n'avait pas
respecté ses engagements. On se donnait rendez-vous à la
vieille gare et il m'attendait à l'arrêt d'autobus. Il partait
sans avertissement, en me traitant de peureux. Nous nous
battions dans l'herbe. Il était plus fort que moi et réussissait
toujours à me river les épaules au sol, jusqu'à ce que je demande pardon. Pardon maman, pardon papa, pardon Oslo.

J'ai sursauté. La sirène d'un camion de pompier
résonnait au loin, du côté du Palais. Mes entrailles étaient
en feu. Je me suis levé, m'accrochant à la clôture pour
m'aider et réduire le vertige. J'ai tenté de prendre de
grandes respirations, mais mes poumons n'ont pas voulu
se gonfler. Tout avait semblé si clair près du monument

que je n'avais pas hésité à revenir, mais l'absence de William remettait tout en question. Avaient-ils rebroussé chemin par la petite allée, Marianne ramenant William à son appartement, ou encore avait-elle choisi de le conduire directement à l'hôpital, ce qui les aurait fait descendre l'avenue ? Et s'ils avaient choisi de continuer la route, d'aller tout de même rue Boyer ? Ils auraient alors pris la direction du centre Calixa-Lavallée.

Je me suis remis en route, préoccupé par le besoin de plus en plus pressant d'une dialyse. Je m'imaginais assis dans la grande salle, à contempler les nombreuses manettes de la machine, les tuyaux en plastique transparents, pleins de mon sang en train de se faire fragmenter, puis assainir. La machine force mon sang à parcourir, chaque fois, des milles supplémentaires, un marathon sanguin de tuyaux, un dédale de veines artificielles, qui débouchent sur des filtres, des surfaces absorbantes, des râpes à globules. J'ai l'impression que le sang réintègre mon corps, propre mais épuisé, un peu nostalgique aussi d'avoir passé du temps à l'extérieur de mes artères, exilé de mes veines et de mes organes. Je m'explique ainsi l'euphorie des premiers moments qui suivent la dialyse, quand le sang, heureux de retrouver sa demeure, célèbre son retour.

Mais la dialyse était loin et chaque pas que je faisais dans l'allée m'angoissait davantage. Je me traînais les pieds, je marchais la tête penchée, les bras rigides le long du corps, hypnotisé par le jeu de mes jambes. Je m'approchais du centre et j'ai commencé à entendre des bruits sourds, comme des coups de poing étouffés. Je ne voyais rien. La pleine lune avait disparu derrière de gros nuages et les lampadaires du parc étaient défectueux à cet endroit. La noirceur donnait à l'immeuble l'allure d'un château ancien, sûrement hanté. Je me suis avancé pour découvrir quatre hommes qui se tenaient debout dans un coin. L'un d'eux tenait une boule dans sa main droite. Les autres s'impatientaient et lui disaient de tirer ou de pointer, mais surtout de faire quelque chose. Il s'est exécuté et j'ai entendu un bruit mat, au loin dans l'obscurité. Je leur ai demandé ce qu'il faisaient. Ils ont répondu qu'ils jouaient à la pétanque.

— En pleine nuit ?

— C'est de la pétanque nocturne...

— Et ça se joue comme la pétanque de jour ?

— Sauf qu'on ne voit pas les boules. Il faut jouer à l'oreille.

— Il faut lancer le cochonnet assez loin pour qu'on ne le voie plus.

— C'est un bon entraînement. Il faut s'imaginer l'emplacement du cochonnet et lancer la boule en conséquence.

— Parfois on est proches, mais d'autres fois on est tellement loin...

— Le premier à lancer a la responsabilité de fixer l'image, de lui donner sa forme générale. Mais il arrive qu'on ne soit pas tous d'accord. Alors l'un va à gauche et l'autre à droite. On prend plus de temps à récupérer les boules qu'à les lancer.

— Remarquez qu'on a déjà joué à pire. À la pétanque d'hiver, par exemple. Une seule partie par année. On envoie le cochonnet dans une cour enneigée, on lance à tour de rôle nos boules, qui disparaissent dans la neige, et on attend le dégel pour compter les points.

— Le problème, c'est que, d'une année à l'autre, on oublie le pointage.

— Et puis les boules rouillent.

— On a même perdu une fois le cochonnet. Toutes nos boules étaient là, mais lui avait disparu. Un écureuil nous l'a sûrement volé.

— Et pourquoi jouer à la pétanque de nuit ?

— Un exercice, c'est tout. Nous sommes des pompiers, nous combattons le feu.

— Je ne vois pas…

— Justement. La nuit, dans l'obscurité, nous ne distinguons rien. Nous devons travailler à l'aveuglette.

— Et la pétanque nous aide. Elle nous habitue à jouer sans rien voir du jeu.

— Il faut s'imaginer où tout se trouve, anticiper les gestes de nos partenaires, apprendre à découvrir la provenance des sons, à reconnaître les moindres bruits, les détails.

— Quand il y a un feu et qu'on doit monter les échelles, pénétrer dans un bâtiment en flammes, ouvrir des portes, vérifier que personne ne s'y trouve, sortir des victimes, défoncer des murs, tout va trop vite. On n'a plus le temps de penser à ce qu'on doit faire, à ce que les autres font. La fumée masque tout. Les lieux se transforment en un labyrinthe où, à tout moment, on risque de se perdre.

— Il faut donc bien se connaître. Quand on n'y voit plus, c'est en soi qu'il faut trouver la voie.

— Et connaître les habitudes des autres. Pour ne pas reproduire leurs erreurs.

— Rodrigue a tendance à confondre sa gauche et sa droite. Si on ne le sait pas et qu'on le suit dans un logement, on peut se perdre tout aussi bien que lui.

— Raymond entend toujours un chien qui jappe derrière une porte. Maurice, à la caserne, trébuche sur des tapis qui n'existent pas.

— Il faut connaître les travers de l'autre, quand son imagination le guide. Savoir ce qu'il fait quand il invente dans le noir.

Les pompiers me regardaient, quelque peu agacés d'avoir eu à expliquer ce qui, à leurs yeux, tombait sous le sens. J'étais pourtant dérouté. Sait-on jamais où nous entraîne notre imagination ? Ce qu'elle trame dans le noir, au plus profond de soi ? Oslo et moi, nous avions été liés au point de partager les mêmes rêves, une ambition identique. Mais il a fallu qu'il soit sur les rails au mauvais moment et que je voie ses restes pour qu'ils me hantent à jamais. Nous n'avons plus la même imagination, Oslo a perdu la sienne et habite la mienne à demeure. J'ai cru un certain temps que Simon pouvait le chasser de ma mémoire. Mais je me suis trompé. Il n'a fait qu'aviver plus fortement son souvenir. J'ai peur maintenant que les loups n'aient pris le dessus, leurs hurlements empoisonnant à tout jamais mon sang.

Les pompiers attendaient mon départ afin d'aller récupérer leurs boules. Je suis reparti, incertain de la direction à prendre. Mais je n'ai pas eu à aller bien loin. À la première table de pique-nique, j'ai retrouvé Marianne, William et Xa. En grande conversation. Ils se partageaient la bouteille de Southern Comfort. Un homme les accompagnait. Assis à la droite de Marianne, silencieux, il paraissait plus mort que vif. Ses yeux étaient fermés.

On m'a accueilli avec enthousiasme, ce qui m'a permis d'adopter un ton boudeur. « Vous n'aviez pas le droit de partir et de me laisser seul », leur ai-je déclaré. « Mais, a répondu William, on pensait bien que tu nous retrouverais, il n'y avait pas d'autre place où aller. » Un sourire aux lèvres, Xa m'a demandé si j'avais trouvé l'amour… Je n'ai pas réagi. Tout était un jeu pour lui et il ne pouvait pas comprendre ma déconvenue. Son attitude commençait à m'irriter. Sur la table, un Joe Louis déballé avait été déposé, avec en plein milieu une cigarette allumée. De la cendre était tombée sur le chocolat.

— Qu'est-ce que c'est ?

— Ça ne se voit pas ? C'est un gâteau d'anniversaire. Bon. On a dû improviser un peu. Comme on n'avait pas de chandelle, on s'est dit qu'une cigarette ferait l'affaire.

— Bonne fête, Marianne.

— Toi aussi, tu le savais ?

— Je l'ai appris tantôt. Xa me l'a dit.

Marianne semblait malgré tout s'être réconciliée avec son anniversaire. Elle a soufflé à quelques reprises sur la cigarette qui, au lieu de s'éteindre, a brûlé un peu plus. Elle a vidé un flacon de brandy. Puis, elle a sorti de son sac une liasse d'enveloppes déjà ouvertes, qu'elle a déposée à côté de son Joe Louis.

— Je ne sais pas ce qui me retient de les brûler. Une par une.

— Un anniversaire, Marianne, ça arrive à tout le monde. Comme Noël et le jour de l'An.

— Justement, ils se ressemblent tous.

Je suis allé m'asseoir entre Marianne et cet inconnu à sa droite. Il sentait l'alcool, le coton humide et suri, le vieux cuir. On aurait dit un corps mort. L'odeur était tellement forte que j'en ai eu la chair de poule. Moi qui ne pouvais supporter le contact de personne, qui frémissais à la moindre rencontre, je me suis tassé sur moi-même pour éviter de me laisser toucher par ses vêtements qui sentaient la charogne. Me voyant inquiet, nerveux à côté de cette loque, Marianne m'a pris par le bras et m'a rapproché d'elle. J'ai soupiré et j'ai saisi la bouteille de Southern Comfort. Le goût un peu sucré de l'alcool m'a fait grincer des dents et j'ai dû en boire un peu trop car, en remettant la bouteille sur la table, ma main était molle et j'en ai renversé un peu. L'odeur était forte, trop même. William a mis le bout de son doigt dans la flaque et l'a sucé. Assis, les pieds sur une caisse de bois qu'on avait déplacée pour lui, il a pointé le doigt vers la liasse.

Marianne a détaché le paquet et a saisi la première enveloppe sur le dessus. Elle en a sorti une carte. Dans la noirceur, on ne parvenait pas à lire ce qui était écrit. Elle a fait mine de la déchirer en deux. Elle en connaissait déjà le contenu par cœur. Elle l'avait reçue le matin et, depuis, nous a-t-elle confié, elle avait envie de se jeter dans le premier étang du parc et de s'enfoncer dans ses algues verdâtres. William était tendre, il lui a dit de ne pas s'en faire, que vieillir n'était pas une catastrophe.

— C'est parce que tu ne sais pas. Tu n'as jamais reçu ce genre de cartes! Et si encore c'était la première, je ne dis pas, mais regarde le paquet! Depuis trois ans, j'en ai reçu une douzaine. Toutes semblables. C'est à devenir folle...

— Mais de quoi parles-tu?

— De ma carte de fête. Tiens, lis.

Après l'avoir lue, William me l'a passée. Sur la carte, il y avait des flocons qui tombaient et trois ballons rouges attachés à un nuage. On pouvait voir un ange, les ailes déployées, qui faisait un clin d'œil et nous tendait les mains. Le texte, à l'intérieur, disait: «Joyeux anniversaire, Marianne, ma très chère fille. En cette journée toute spéciale de ta vie, réjouis-toi du fait que nous, qui ne sommes plus là, donnerions cher pour être à ta place, et t'aider à souffler tes chandelles. À la prochaine occasion, ton père qui t'aime.» Le tout était signé. J'ai voulu passer la carte à Xa, qui m'a fait signe que ce n'était pas nécessaire. Il en connaissait déjà le contenu.

— C'est la carte de souhait de mon père mort.

— Et qui l'a signée?

— Lui.

— Ce n'est pas une imitation?

— Même pas. Je reconnaîtrais sa signature n'importe où. J'en reçois une à tous les Noël, à Pâques, à ma fête. J'en reçois même une à la fête des Pères. Un bonus, j'imagine...

— Et le texte est toujours pareil?

— Non, il change selon les occasions. Celles de Noël disent: «Noël est de retour avec tous ses souvenirs et ses moments si précieux. Je me souviens, t'en souviens-tu toi aussi ? Je suis avec toi pour toujours. »

— Et Pâques ?

— « En ce temps glorieux, sois assurée, Marianne, ma fille, qu'il y a un plan pour nous tous. Garde la tête haute, le menton droit, fais honneur à ta famille, et n'oublie pas que bientôt nous nous reverrons. »

— Mais ton père est mort ?

— Il y a maintenant trois ans. Juste avant que je parte de la maison.

— Qui les envoie alors ?

— Une compagnie qui s'occupe d'envoyer à titre posthume des cartes de souhait… J'avais assez de misère avec lui, quand il était en vie, je n'ai jamais pensé que j'en aurais encore plus après sa mort ! J'ai tenté de faire annuler le contrat, mais les gens de la compagnie n'ont rien voulu savoir. Ils ont été payés pour envoyer ces cartes à des dates précises, ils ont promis qu'elles seraient postées, ils ne veulent pas revenir sur leur parole. Je dois me débrouiller avec les cartes que je reçois ; si je ne les aime pas, je n'ai qu'à les déchirer et à les jeter aux poubelles. Mais comment ne pas les lire ? Comment résister à la tentation de regarder ce qui y est écrit ?

— Tu peux les jeter sans même les ouvrir.

— Ce serait trop simple. Les cartes, c'est sa façon de me laisser son héritage. Dans chaque carte, il y a un chèque. Assez imposant merci. Je ne peux pas ne pas les ouvrir. Ce serait jeter mon héritage. Je suis faite à l'os.

— Tu peux laisser quelqu'un d'autre les ouvrir à ta place.

— Mais ça ne change rien, Xa. Je connais le contenu. Je n'ai qu'à savoir qu'elles existent pour me sentir emprisonnée, à vie.

— Qu'est-ce que tu lui as fait ?

— Mais rien… Je suis sa fille, c'est tout. J'ai un père mort sur la conscience et je n'ai rien fait ! Je n'en veux pas, de son argent. Je le dépense dès que je le reçois et j'envoie le reste à ma mère. Je dépense sans regarder, je flambe tout. Je me paie des sorties, des fêtes improvisées. Mes revendeurs m'aiment bien. Le pire, c'est que je n'arrive jamais à bout de cet argent. À peine ai-je fini de brûler tout ce que j'avais qu'il en arrive un autre et un autre : quatre chèques par année. Un par saison…

Je ne comprenais pas la détresse de Marianne. J'avais tant souhaité que mon père m'aime et me donne, non pas de l'argent, mais un peu d'attention, qu'il fasse un geste qui aurait été réparateur. Il y avait de l'excès dans ces cartes qu'elle recevait, mais je les aurais troquées volontiers contre cette absence de tout signe, ce vide dans lequel j'avais été projeté à sa disparition. Un père. J'en voulais un. Et j'aurais pris quelques instants de son temps pour lui demander de me remettre dans le droit chemin.

Sa situation était aux antipodes de la mienne et, malgré tout, je la trouvais belle et vulnérable. Je me suis collé un peu plus contre elle, sa cuisse près de la mienne. Je sentais l'odeur de ses cheveux. Ses joues ont une façon bien précise de se gonfler, quand elle s'anime. Xa, de l'autre côté de la table, a porté la bouteille de Southern Comfort à ses lèvres. Il était songeur. Il a fait craquer une allumette et nous l'avons tous regardée brûler jusqu'à ses doigts. La flamme a vacillé, instable, le carton brûlé s'est replié comme une vieille chose fatiguée, le jaune a laissé sa place à un bleu intense, mince et velouté. « Cela demande mûre réflexion, a-t-il fini par préciser à Marianne. On ne doit pas traiter cette situation à la légère. On ne peut pas fuir de n'importe quelle façon. » Il s'est levé et a fait signe à Marianne de le suivre. Il lui a même pris la main.

Pendant tout ce temps, William n'avait cessé de me regarder. Il faut dire que les dernières gorgées d'alcool avaient allumé un brasier dans mon corps, un feu qui avait fini par se propager à tout le péritoine. Les loups rôdaient aussi, de plus en plus pressants, de plus en plus affamés. Ils étaient attirés en grand nombre par cette forme humaine qui reposait à ma droite et dont chaque mouvement déga-geait une odeur âcre, néfaste. L'inconnu avait commencé par dormir, la tête contre la table, les épaules affaissées, et il s'était animé petit à petit, pendant que Marianne racon-tait son enfer. Il hochait la tête et, surtout, il s'était rap-proché de moi. Son odeur était atroce, le contact de sa veste contre ma chemise était odieux, il me donnait un début de nausée que mon état déjà précaire amplifiait.

Comme Marianne se levait pour rejoindre Xa, l'inconnu a commencé à m'entretenir de son *delirium tremens*. Il voyait un taureau foncer sur lui, les cornes rouges de colère. Il s'est emparé de mon bras. Je me suis mis à crier. Je me suis arra-ché du banc. Je ne voulais pas qu'il me touche. Je bre-douillais des propos qu'il ne comprenait pas. Il ne me lâchait pas. J'ai crié encore plus fort. Et je me suis mis à courir. N'importe où. À gauche, à droite. Je ne voyais rien. C'était une falaise que je dévalais, une paroi de peau brûlante, rouge et lisse comme celle des grands brûlés. J'étais emporté par un désarroi aussi grand que celui qui m'avait saisi au Colorado, quand l'atrocité des blessures d'Oslo m'avait frappé de plein fouet, ses membres amputés par les roues rouillées du train, des fragments d'os çà et là, un corps désarticulé dont l'odeur, dont l'odeur, dont l'odeur.

Plus jamais je ne voulais que Simon vienne dans mon Palais des nains. Plus jamais, me suis-je dit, étendu sur le lit de Jeanne, le drap remonté jusqu'au front, souffrant d'un mal sans nom, qui me frappait à la tête et à l'abdomen. Simon venait de partir, et mon ventre me disait que je ne supporterais pas une autre visite. Il avait marché dans le couloir et des élancements avaient saisi mon corps et l'avaient transformé en une vieille lanière de cuir, tout juste bonne à pendre à un crochet. Et quand il s'était approché de la garde-robe…

Après cet après-midi fatidique, il n'a pas cessé pourtant de revenir, avec son attirail, ses tablettes de papier, son étui à crayons. Il a investi mon Palais, qui s'est transformé par ses bons soins en théâtre de boulevard. Chacune de ses incursions dans mon univers me causait des migraines, mais je ne parvenais pas à y mettre fin. J'ai dû, pour compenser, augmenter la fréquence de mes dialyses. Les infirmières m'ont questionné sur mes mauvaises habitudes, qu'elles croyaient avant tout alimentaires. « On ne s'empoisonne pas comme ça, disaient-elles, en restant sagement assis à la maison. »

Quand j'avais rencontré de nouveau Simon à la taverne du coin, le surlendemain de sa visite, il m'avait accueilli à bras ouverts. Le Palais l'avait enthousiasmé. Nous en avons parlé, en fait, à chacun de nos rendez-vous. J'arrivais en fin d'après-midi, je me commandais une eau minérale ou un jus de fruit et nous reprenions le fil de nos discussions. Je voulais qu'il me parle de lui, mais il n'avait en tête que le Royaume des nains. L'histoire du roi Nœssos. La vie au Palais. Il me pourchassait de questions et me traquait jusque dans mes derniers retranchements. « J'ai un projet, affirmait-il. Une façon d'oublier France. Remplir le vide par de l'art. Du plein fait d'encre de Chine et de formes abruptes, de contrastes et d'étrangeté. »

Quand il en parlait, son corps s'animait et il devenait presque lumineux. Il sortait ses cahiers de croquis, pour que je puisse voir sa production, des corps captés sur le vif, des regards, des membres, une vieille dame alourdie par des sacs, France dans de nombreuses poses, sage, les mains sur les cuisses, un sourire narquois sur les lèvres, ou alors délurée, nue, les mains sur les hanches, les jambes écartées. Elle jouait des rôles, m'a-t-il expliqué, adoptait des postures connues, ici Carmen bravant la colère qui s'abat sur elle, là Phèdre se mourant d'amour pour Hippolyte, ou alors Ariane se réveillant sur l'île de Naxos, abandonnée par son amour. J'ai appris à connaître France. Des détails que je n'avais pu discerner de ma garde-robe, un ventre un peu plus gros que je ne croyais, des hanches et des côtes encore plus saillantes, des dents espacées à l'avant. Les ébauches de Simon étaient d'une grande exactitude. Penchés sur ses dessins, nous formions à la taverne une cellule compacte, deux corps voûtés, tendus l'un vers l'autre, insouciants du monde environnant, du soleil de l'après-midi, des loups qui rôdent le museau contre le sol, flairant une piste ténue peut-être, mais tenace.

Au fil des jours, son projet a pris de l'importance. Il était sur le point de finir un travail pour un artiste, une longue série de plans de ville, à l'encre. Il avait déjà accepté une autre commande, pour un cinéaste américain, une histoire d'animation. Mais entre les deux, il voulait s'engager dans une œuvre personnelle, qu'il pourrait commencer maintenant et terminer plus tard. Une galerie de portraits. Et j'en étais la pièce maîtresse. Mes résistances paraissaient inutiles. Je me suis laissé convaincre. Pour la première fois de ma vie, un regard créateur se portait sur moi.

— Pour ne pas trop te fatiguer, je ne viendrai que deux heures par jour, au début de l'après-midi. Tu auras eu le temps de faire tes dialyses, de te reposer. Ce ne sera pas difficile, tu n'auras rien à faire. Tu pourras même lire. Pendant ce temps, je ferai mes croquis. Je finirai les portraits à l'encre de Chine, pour une plus grande précision, mais je ferai mes études chez toi.

— Pourquoi chez moi ?

— Parce que c'est le Palais qui est important. Ou plutôt, c'est le Palais et toi. Toi dans le Palais. Seul, ton logement n'est rien. Une vieille attraction démodée. Et toi, seul, tu n'es qu'un grand parmi d'autres. C'est ensemble que vous devenez extraordinaires, que l'image se crée et s'impose. Toi dans le Palais des nains. Un géant dans un monde lilliputien.

— C'est grotesque.

— Un portrait peut-être, mais pas une série. Et c'est ce que je veux, une série complète de portraits, de toi au Palais, dans tes meubles.

— Mais je n'aime pas qu'on vienne chez moi.

— Je partirai quand tu me le demanderas. Je ferai le moins de bruit possible.

J'ai inspiré longuement. Il paraissait sincère. Et pour plus de précautions, je fermerais à clé la porte de la chambre de Jeanne. Une étrange chaleur a envahi mes épaules et le haut de mon cou ce jour-là. Je survivrais à mon existence. Dans de telles conditions, il était difficile de refuser.

C'est ainsi que Simon s'est mis à fréquenter mon intérieur disproportionné. Il arrivait peu après le repas du midi, avec son cartable à dessin plein de papiers, ses crayons à mine tendre, ses cigarettes et un sourire qui en disait long sur son enthousiasme. Je lui ouvrais la porte, anxieux, et je m'effaçais pour le laisser passer, sans trop regarder ses mains ou ses yeux. Je le suivais pas à pas, époussetant nerveusement les tables, guettant du coin de l'œil la porte de la chambre de Jeanne. Elle était fermée, mais je craignais tout de même qu'elle ne s'ouvre, emportée par quelque coup de vent mystérieux. Je devais me retenir pour ne pas aller vérifier si la clé avait été tournée à fond, si la porte était toujours sur ses gonds, si le bois n'était pas devenu subitement transparent.

Pour commencer, il a fait des dessins de chacune des pièces. Il s'est arrêté longuement à l'Hôpital des poupées. Il a reproduit les étagères remplies de ces orphelines que j'avais abandonnées à mon tour. L'antique machine à coudre l'a intéressé deux jours de suite, la rouille sur le fer forgé, les manettes, le circuit du fil et la courroie de la pédale. Il a reproduit certains des cadres du couloir, fait une esquisse de la cuisine, avec ses armoires vitrées. Il accumulait les détails : le tissu des fauteuils, l'irrégularité des lattes du plancher, les lignes du bois de la table de la salle à manger, la tête de lit de la chambre des Nœssos, les commodes de style victorien. Tout y est passé. Il travaillait vite. Il isolait un objet, en faisait une ébauche et passait au suivant. Il ne se donnait pas le temps de réfléchir ou de mesurer. Il ne recherchait pas d'angle particulier. Il captait l'essentiel en quelques coups de crayon, sans jamais effacer. Il avait un sens inné des proportions et traçait d'une main assurée les lignes de force des choses. Il restait debout, sa tablette rigide à la main, et parlait peu.

Je le suivais, au début, discrètement, pour ne pas déranger sa concentration. C'était magique de voir la mine de son crayon se déposer sur la feuille et un dessin prendre forme sous mes yeux. Même après quelques séances, le procédé n'avait pas perdu de son intérêt. Je restais émerveillé par la souplesse de son dos, tandis qu'il se pliait pour isoler un détail, par l'épaisseur de son cou et l'éclat de ses ongles. Il me forçait à revoir d'un autre œil les meubles de mon Palais, le grain du plancher, la patine des meubles, les angles irréguliers du couloir. Je m'étais habitué à l'appartement, au point de le tenir pour acquis, et j'en redécouvrais les merveilles. Des objets, que je ne remarquais plus, réapparaissaient sous son regard, le coupe-papier au manche en corne déposé sur le secrétaire ou le crachoir de cuivre rempli de fleurs séchées. Mon Palais, réduit à n'être plus que l'antichambre d'une garde-robe, s'animait un peu plus à chaque croquis, comme si un dieu lui insufflait une nouvelle existence.

Parfois, pour me reposer, je retournais à mes lectures dans le fauteuil de l'oubli. Je m'endormais et rêvais à Oslo et à nos journées de dérives sur les chemins de fer, chacun sur son rail à compter les pas que nous pouvions faire avant de perdre l'équilibre. Je dormais, puis je me réveillais en sursaut, inquiet de ce qu'avait pu faire mon invité pendant mon sommeil. Je le retrouvais quelques pieds plus loin, absorbé dans son travail. Un jour, quand je me suis éveillé, il me regardait attentivement.

— Pourquoi est-ce le fauteuil de l'oubli ?

— Parce que c'est là que je lis. Et quand je lis, j'oublie où je suis, qui je suis.

— J'ai fini. J'aimerais passer maintenant à une série de dessins du quotidien. On commencera à l'Hôpital des poupées. Tu t'assoiras sur la petite chaise face à la fenêtre, une poupée sur les cuisses. Tu regarderas dehors, comme si tu attendais quelqu'un. Ensuite, je te verrais bien debout, contre la porte de l'Hôpital. J'en ferai un autre à la machine à coudre. Tu porteras le tablier de cordonnier et tu répareras une poupée. Puis, tu seras debout, devant les étagères, et tu te mettras sur la pointe des pieds, tu t'étireras de tout ton long pour aller chercher celle du haut. Celle qui a perdu ses jambes. Tu vois, c'est facile. Tu n'as pas besoin de poser. Fais comme si je n'étais pas là.

Il m'a demandé de me changer. Il n'aimait pas mon coton ouaté et voulait que je porte une chemise unie à manche longue et un pantalon noir. Je lui ai dit de rester là. Il fallait que j'entre dans la chambre de Jeanne. J'ai pris mon temps, tourné la clé le plus discrètement possible, refermé la porte derrière moi. Dans la chambre, je ne sais plus pourquoi, j'ai ouvert la porte de la garde-robe. À l'intérieur, l'œil-de-bœuf était fermé et dormait du sommeil du juste. Nerveux, je me suis accroché dans l'escabeau, qui est tombé, dans un vacarme de vaisselle cassée et de bois craqué.

«Est-ce que ça va?» m'a demandé Simon. J'étais incapable de répondre. L'escabeau était étendu de tout son long, face à la commode, des tasses avaient roulé jusque sous le lit. Je l'ai entendu qui approchait. Il a répété sa question. J'ai réussi à balbutier un double oui et me suis précipité dans la salle à manger. Je tremblais de la tête aux pieds. Je me suis retourné. Les portes étaient ouvertes, celles de Jeanne et de la garde-robe. L'œil-de-bœuf était bien en vue.

— On dirait que tu as vu un fantôme.

— Ma dialyse. Je vais être malade.

— Je peux t'aider.

— Non! Non! Seul. J'irai seul. Ne me touche pas.

— Pas de problème. On peut continuer demain.

— Oui. Je veux que tu partes. Immédiatement. Je n'aime pas être malade en public. Et j'aimerais que tu me donnes un dessin. Que le premier réussi me revienne.

Et il est parti. Ça s'était passé à la vitesse de l'éclair. Un météorite m'avait frôlé de justesse. Tout était intact, mais je l'avais échappé belle. Je me suis effondré. Les infirmières à l'hôpital ont résisté à me donner mon congé, après ma dialyse. Je n'avais pas bonne mine.

Dont l'odeur. Sans savoir où j'allais, j'ai couru jusqu'au parc des enfants, projeté par la puanteur qui ne me lâchait plus, corps disloqué et chairs décomposées. Jeunes, Oslo et moi, nous chassions le lièvre et, chaque fois que des intestins avaient été perforés, que la lame de son couteau avait fendu la peau d'un ventre, pour libérer la masse gélatineuse des entrailles, j'avais dû me réfugier dans une autre pièce ou derrière les bouleaux de la cour, la main sur la bouche et le nez. Je craignais qu'Oslo ne me lance à la tête les organes dépecés, le foie, les reins, le cœur qui battait peut-être encore, ses valves contractées par l'orgasme de la mort, matière rose marbrée de gras, et les poumons aussi, d'une couleur indéfinissable, et la cervelle, à peine plus pâle.

Je suis allé jusqu'aux premières balançoires, à gauche après la clôture, et je me suis assis sans réfléchir. Après quelques élans, j'ai trouvé mon rythme et j'ai commencé à aller de plus en plus haut. Le vent frappait mon visage, l'air pénétrait dans mes narines. Je me suis senti revivre. Le parc des enfants était désert à cette heure de la nuit. Le château avec sa tour et sa montagne magique paraissait inquiétant, tout comme les autres jeux dont la nuit accentuait les contours : les échelles, les glissoires, les cabanes au toit en pente, le carrousel. On entendait, au loin, le cri des patineurs qui poursuivaient toujours leur course folle à travers le parc. Ils tournaient en rond depuis des heures. J'étais bien, sur ma balançoire, entre ciel et terre, revigoré par un vent purifiant qui gonflait ma chemise et me balayait les cheveux.

J'ai repensé à Marianne et à ses cartes. Nous avions en commun une même dépendance envers notre père. Ni l'un ni l'autre n'étions parvenus à nous libérer de cette emprise. Elle vivait simplement mon Denver à l'envers. Je n'arrivais pas à me débarrasser de l'absence du mien, disparu dans une crypte impossible à desceller, et elle n'était pas capable de contrecarrer l'acharnement du sien, cet amour qui l'étouffait. Elle recevait de force des cartes qu'elle ne voulait pas lire, j'avais eu ma propre liasse de lettres jamais décachetées. Si nous pouvions seulement échanger un peu de nos maux, j'aurais pris volontiers de cette attention d'outre-tombe et lui aurais donné, en retour, de ce silence qui m'a éreinté. Je saisissais mieux maintenant la profondeur de mon attirance. Nous étions des âmes sœurs. Deux lunes sans soleil. Il devenait impérieux que nos trajectoires se croisent. D'autant plus qu'avec ses tatous et ses cheveux de feu, Marianne s'abandonnait à des étreintes fulgurantes. Des étreintes à changer le cours des choses.

Quelle ironie ! Étais-je en train de faire fausse route ? J'avais voulu réunir William et Simon de façon à vivre, par famille interposée, les joies de la réconciliation. Mais cette quête n'était qu'une partie de la solution. Elle me permettait de me débarrasser de ma dette envers Simon, et peut-être aussi de chasser les fantômes qui empoisonnaient ma vie et mon sang, mais elle ne m'apportait aucune certitude sur mon propre état. Cela, seule Marianne pouvait le faire.

« Enfin, on te retrouve », a déclaré Xa, arrivé à la clôture. Il me regardait avec un mélange d'affection et de lassitude, comme on regarde un enfant qui ne cesse d'importuner les autres avec ses frasques. Il est venu me rejoindre et s'est assis à son tour sur une balançoire. Nous nous sommes parlé à travers un grincement continu de charnières rouillées et de métal usé, les jambes maintenues repliées pour ralentir le mouvement, les chaînes coincées dans nos avant-bras.

— J'avais besoin de respirer.

— William était inquiet. On ne part pas comme ça à toute allure.

— C'est une habitude. Qu'as-tu offert à Marianne ?

— Elle te le dira. Je ne suis pas un messager. Marianne… Il ne faut pas avoir peur de ses désirs. À force de ne jamais rien demander, on finit par ne plus être en vie. Par laisser la vie nous oublier.

— Et c'est exactement ce que je veux. Que la vie m'oublie un peu. Qu'elle pense à quelqu'un d'autre dans sa distribution d'épreuves.

— Les malheurs, on les provoque. Ils ne s'abattent pas sur nous impunément. Quelque chose les dirige. Tu es un paratonnerre qui s'étonne que la foudre lui tombe dessus. Qu'est-ce que tu crains ? As-tu peur à ce point qu'on te rejette ? Car tu t'arranges pour qu'on ne le fasse jamais. Si tu ne demandes rien, on ne te refuse rien. Ni vu ni connu. Mais à force de te protéger des rejets, tu amènes la vie à te rejeter.

— Qu'est-ce que tu crois ? Je sais ce que c'est, je suis né dans le rejet. Et c'est faux de dire que je ne m'engage jamais. Cette nuit, la traversée du parc, c'est mon idée.

— Justement, à quoi cela te sert que William rejoigne son fils ?

Marianne est arrivée, sur les entrefaites, accompagnée de William. J'étais soulagé. Je ne voulais rien expliquer à personne. Je suis allé à leur rencontre. William a commencé à me réprimander. Je me suis laissé faire. Et, à ma grande surprise, je me suis senti accueilli. Il y a quelque chose de moelleux à se faire sermonner par un père. Une expérience nouvelle. Inusitée. Je n'ai pas pu m'empêcher de laisser paraître un sourire que William a aussitôt interprété comme de la défiance. Le ton a monté. Sa canne tremblait dans ses mains. J'ai mis ma réaction sous le coup de la fatigue et de l'alcool. Je ne voulais pas rompre le lien.

Je l'ai pris par le bras et, assis sur les balançoires, nous avons parlé de Simon. William n'avait nullement l'intention de rebrousser chemin. Nous l'avions convaincu de traverser le parc, il voulait se rendre jusqu'au bout de notre aventure et retrouver son fils. Il était temps de rétablir les ponts. Je n'aurais pu recevoir un plus grand cadeau, mon rêve était devenu le sien.

Nous nous sommes levés et, cette fois encore, en changeant de position, j'ai failli perdre l'équilibre. Marianne s'est déplacée et, sans avertissement, elle m'a pris par le bras. Sa main était chaude contre le tissu de ma chemise, sa poigne surtout était forte. Aidé de Xa, qui lui tendait le bras, William a pris les devants et, après avoir traversé la rue, nous nous sommes engagés dans le petit sentier qui mène à la statue de Félix Leclerc.

Le contact avec Marianne a continué de me fasciner. Et je savais maintenant pourquoi elle était la seule à pouvoir s'approcher de moi et me toucher, sans que sa peau me cause de l'urticaire. Nous avions un derme commun, que même ses tatous n'étaient pas parvenus à corrompre. Le contact de sa main contre mon avant-bras était plaisant et il m'a fait oublier mon intoxication.

Je me suis imaginé la tête de mes infirmières, quand je réapparaîtrais à l'hôpital dans un nouvel état d'empoisonnement. Il y a deux semaines, je n'avais rien pris, rien bu ni avalé, je n'avais fait que prendre du retard, à cause d'une détention imprévue. Je m'en étais sorti indemne, heureusement. Les séquelles étaient mineures, des migraines plus intenses, une faiblesse généralisée, mais les infirmières m'avaient prévenu. Il faut être responsable et s'occuper de son corps correctement. On ne greffe pas un rein à ceux qui ne le méritent pas. Je n'avais pas aimé leur chantage. Qu'allaient-elles me dire, cette fois-ci? J'étais faible, mes genoux vibraient, mes mains ne se fermaient plus au complet. Mais j'avais Marianne à mes côtés, qui se pliait de bonne grâce à mes caprices. Elle me redonnait courage.

Les séances de pose à l'Hôpital des poupées ont duré trois jours. J'adoptais une posture, tentais de faire le vide et laissais Simon travailler. Nous sommes passés ensuite à la salle à manger, où j'ai dû m'asseoir à la table, les genoux repliés jusqu'au menton, une fourchette à la main. Au salon, je me suis étendu avec un livre dans le fauteuil de l'oubli. J'ai fait la vaisselle accroupi, dans la cuisine, la tête sous les armoires et, dans la chambre des Nœssos, je me suis couché en fœtus, mon corps au milieu des draps. Il dessinait vite et bien. Je n'ai jamais eu de crampes et nos conversations meublaient ces heures pendant lesquelles je ne pouvais pas bouger.

Nous parlions de tout et de rien, pendant qu'il faisait ses ébauches, de France parfois, de sa dernière commande surtout. Un traité sur les villes imaginaires. L'auteur avait fait la description de cités qui n'existent pas, de métropoles aux dimensions infinies, aux rues longues comme des millénaires, et Simon devait en établir la topographie. Il avait multiplié les plans et les épures. Ses croquis représentaient des monuments inventés, des sculptures anciennes, des façades d'édifice.

— Tout paraissait simple au début. J'avais en tête des plans de villes imaginaires qui sommeillaient et je n'ai eu qu'à me laisser guider par mes souvenirs. Mais au quinzième dessin, j'avais épuisé mon répertoire. Pour m'aider, j'ai commencé à me servir de dictionnaires d'art visuel, d'esquisses de Le Corbusier et de traités d'architecture. Je me suis inspiré de l'École de Chicago, du tracé de

bourgades médiévales, des pyramides et des temples
égyptiens. Je pigeais un peu partout. En plus, d'un chapitre
à l'autre, les villes décrites devenaient de plus en plus
abstraites. Un auteur peut inventer ce qu'il veut, ses mots
lui ouvrent toutes les portes. Il n'a qu'à suggérer une com-
plexité infinie pour qu'elle se mette à exister. Il peut écrire
que sa ville est faite d'interminables boulevards qui offrent
aux voyageurs tous les choix possibles, et le tour est joué.
Mais moi, qu'est-ce que je fais avec une telle ville? Je ne
peux pas la représenter. Pas sur une seule feuille de papier.
On ne regarde pas une image comme on lit un livre. Avec un
récit, on suit un personnage dans ses mésaventures, on se
trouve au niveau du sol s'il le faut, mais avec une image,
surtout avec un plan de ville, on ne peut regarder les choses
que d'en haut. Il faut tout imaginer, ce qui réduit les pos-
sibilités. Et puis, j'ai presque fini. Il me reste une dernière
ville à dessiner et je pourrai passer au prochain contrat.
Quelque chose de différent. De l'animation. Pour la télévision. On m'a offert de travailler à un long métrage sur les oiseaux. Je serai en charge des ailes. Des mouvements d'ailes
des oiseaux. C'est limité, évidemment. Mais j'en serai à mes
premières armes. Alors, je me ferai la main sur les ailes.

Nous passions nos journées en entretiens et, le soir, je
retournais à ma garde-robe. Je n'avais plus beaucoup
d'énergie et je devais écourter mes vigies, après mes
séances de pose et de dialyse. J'étais de plus en plus distrait
et je m'endormais même sur place. Je me déplaçais, somnambule, jusqu'à mon lit, et je me couchais presque sans
m'en rendre compte. Simon travaillait sans arrêt. Il ne
s'éloignait jamais beaucoup de sa table à dessin, passait
vite à la cuisine se faire à manger et allait se coucher, lui
aussi, sans préambule.

Je pensais au début que nous en resterions là, qu'il
ajouterait peut-être quelques accessoires, pour de nou-

velles esquisses. Mais son enthousiasme a crû, au fur et à mesure que les pages de son cahier se sont remplies d'esquisses. Et, quand il l'a eu fini, non seulement il en a commencé un autre, mais les exigences se sont modifiées. Il voulait des dessins de groupe. Des scènes avec la famille Nœssos. « Il n'en est pas question », ai-je soutenu, en soulignant mon aversion pour le bruit, la fête, les attroupements, mais on ne peut arrêter un train qui fonce.

Simon avait pris les devants, de sorte qu'il est arrivé un avant-midi avec le roi et la reine des nains, qu'il avait joints de son propre chef. Ils étaient resplendissants. Charles avait un taureau blanc brodé sur la veste de son complet. Il portait sa couronne qui venait d'être astiquée, ses bottes étaient vernies. Il paraissait plus grand, accoutré de la sorte, mais Paisley m'a expliqué qu'il avait fait ajouter de fausses semelles à ses bottes.

La reine portait une robe blanche, parée de dentelle et de fils de soie. Ses cheveux venaient d'être coiffés et ils adoucissaient les traits de son visage. De longues boucles d'oreilles faites de pierres précieuses lui donnaient un air gitan que ses multiples bagues accentuaient.

Simon avait voulu me louer un smoking pour la journée, mais je lui ai fait comprendre qu'avec mes allergies il n'était pas question que j'enfile des habits portés par d'autres, que leurs poux et leur sueur entrent en contact avec ma peau et l'irritent.

Il ne manquait que Jeanne, qui n'a pas tardé à arriver et qui s'est empressée d'aller vérifier l'état de sa chambre, en maugréant. Son lit avait été déplacé, son pupitre était taché, même le jaune de ses murs était terni. Mon premier mouvement a été de paniquer. Mais je me suis vite calmé. Ce n'était qu'un réflexe. J'avais tout remis en ordre, l'escabeau était dans la cuisine, les cintres avaient repris leur place dans la garde-robe, où j'avais entassé mes vêtements, pêle-mêle. J'avais même laissé le lit à moitié défait. J'étais redevenu un citoyen au-dessus de tout soupçon.

J'ai été bombardé de questions. Et j'ai deviné qu'elle m'avait longtemps pris pour un déséquilibré ou un pervers. Elle m'avait imaginé, grand comme le géant Ferré, couché dans le lit de ses parents, plié en trois pour y entrer. Le soir, je devais prendre des bains de glace, me faire attacher dans des camisoles de force ou m'installer sur un lit de clous et me maquiller en poupée orpheline. Et elle découvrait un être presque normal, sans verrues ni difformités, portant des vêtements de tous les jours, elle qui avait refusé de s'habiller pour l'occasion et qui portait un jean délavé et une chemise indienne aux manches bouffantes. Je découvrais en même temps une adolescente au charme sûr, très loin de l'enfant complexée et abattue que j'avais imaginée.

Simon voulait une journée entière dans la vie de la famille royale accompagnée de leur invité d'honneur. Pour me faciliter la vie et accélérer les choses, il a proposé de prendre des photographies, plutôt que de faire des dessins. Il a donc sorti son attirail, son 35 millimètres reflex au boîtier usé, une série d'objectifs aux formats variés, un flash électronique monstrueux qu'il a fallu poser sur un trépied, un posemètre photoélectrique, des filtres de différentes couleurs, des boîtes de pellicule en plastique, et d'autres instruments encore.

Pendant trois heures, il nous a réunis dans les diverses pièces du Palais, pour d'innombrables prises. Nous avons levé des verres vides à la santé du roi dans le salon, pris un repas imaginaire dans la salle à manger et visité avec la reine les pensionnaires de son hôpital. Puis, nous nous sommes entassés sur le pas de la porte d'entrée, entourés des lions, la reine dans les bras de son roi, ce dernier à côté de sa fille, le géant derrière la famille réunie.

Le crépitement de l'appareil de Simon ne cessait de se faire entendre. À chaque prise de vue, le flash m'aveuglait, laissant sur ma rétine des boules de lumière bleue, qui tiraient sur le rouge, puis le noir, avant de se transformer en confettis multicolores. Mon éblouissement était tel que je n'ai presque rien vu de la journée. J'ai entendu Simon demander aux Nœssos de reproduire quelques-uns de leurs numéros de saltimbanques, mais tout a été inondé d'une lumière éblouissante. Je distinguais difficilement l'avant de l'arrière, je devais me baisser pour ne pas perdre l'équilibre.

L'effet des flashes était temporaire ; mais, dès que ma vision se rétablissait, Simon prenait une nouvelle série de photos et tout basculait à nouveau. Je ne sais combien de temps a duré le jeu, dans quel ordre les événements se sont déroulés. Tout s'est confondu dans ma mémoire, les rires et les anecdotes, les déplacements constants de Simon, les accolades simulées, les frissons qui me traversaient le corps, le long récit de Charles, son ode au Royaume des nains. Simon semblait avoir une réserve inépuisable de pellicules. Pour la dernière série de photographies, nous avons dû nous tenir tous ensemble au pied du lit des Nœssos, sauf Jeanne qui s'est assise sans cérémonie sur le matelas, les jambes croisées, une cigarette à la main, avec ce regard irrité des adolescents. La fatigue m'avait rendu amorphe et indolent. Sans attendre, l'œil de la caméra s'est mis à cligner, son diaphragme ouvert comme un œil-de-bœuf. L'obturateur s'est déclenché à répétition et j'ai vu mon visage reflété dans les lentilles. Mon nez, mes lunettes, mon front pâle. J'ai même cru, malgré l'éblouis-sement, y voir révélés mes secrets les mieux gardés. Le spectre d'Oslo a surgi de l'appareil pour s'imprimer de nouveau sur mes rétines. À la vue et au su de tous. Un Oslo halluciné, encore plus redoutable qu'avant. Mes nerfs ont lâché et je me suis écrasé de tout mon long sur le sol, les chevilles entortillées dans les figures du tapis.

Je suis revenu à moi dans le fauteuil de l'oubli. Le Palais était étrangement calme. Simon me regardait inquiet. Il tentait de s'excuser. Jeanne se tenait derrière, un verre d'eau à la main. Le roi et la reine faisaient le ménage, le plus discrètement possible.

Jeanne a pris sa place sur le fauteuil. Elle tenait aussi une compresse qu'elle m'a appliquée sur le front. Il n'y avait rien à dire. Simon est revenu, il avait un paquet dans les mains. Un cadre.

— C'est pour toi. Pour te remercier. Tu m'avais demandé un dessin, c'est le premier que j'ai terminé. Les Nœssos ont contribué, pour l'encadrement. Tiens, ouvre.

J'y ai trouvé un dessin à la fois flou et précis. Un dessin d'une simplicité que je n'avais jamais crue possible. Un homme assis sur une chaise de bois. Les mains jointes, les pieds bien à plat, sans rien autour. Pas d'étagères pleines de poupées, pas de table inconfortable, rien qu'un homme vêtu d'une chemise de soie beige imprimée et d'un pantalon noir. On aurait dit un sage, pensif et libre. Un être de paix. Tout ce que je n'étais pas et rêvais d'être. La beauté du dessin m'a submergé.

Nous nous sommes approchés de la statue de Félix Leclerc, indifférents à la fraîcheur de la nuit quand tout se condense en fines gouttelettes, les désirs, les souvenirs, les manques, qui se déposent sur le sol sans rien ébruiter. Sur son piédestal, Félix mesurait près de dix pieds. On aurait dit un être vivant, avec son manteau sur l'épaule, sa main sur une hanche, sa tête baissée et ses cheveux défaits. Il ne manquait qu'un peu de mouvement.

Nous avons fait le tour de la place. Au centre, un aménagement floral donnait l'impression d'un jardin sauvage, laurentien. Je me suis assis sur une des balustrades, à la droite de la statue. Xa a voulu lire ce qui était écrit sur les plaques de bronze moulées tout autour de l'îlot, mais la moitié des mots avaient été arrachés par des vandales. De nombreux graffitis avaient été griffonnés sur le béton. Des noms de jeunes, des signes de paix, d'obscurs hiéroglyphes. Il s'est rendu ensuite au présentoir, où il a lu en riant l'inscription. «Félix, notre Moïse québécois, a été coulé en bronze, a-t-il déclaré. Notre père putatif est creux ! Il n'y a que du vide dedans. Du vide... Du bronze et de l'air. »

William est allé s'asseoir à son tour sur le muret. Il a étendu les jambes, ses pieds au milieu du chemin, et s'est appuyé contre Xa qui l'avait rejoint. Ma fatigue était incommensurable. Je me sentais, à mon tour, vidé de l'intérieur. Ma déception était grande. Il fallait que je m'étende un peu.

— Marianne, viens avec moi, j'aimerais te parler. À l'écart. On peut aller juste là, dans la pénombre, contre cet

arbre. Je m'allongerai quelques instants, j'ai mal au cœur.
Voilà, ici. L'herbe est fraîche, tu ne trouves pas ?

Je me suis couché contre un orme, ma tête sur une
racine, Marianne à mes côtés. Je lui ai offert une cigarette et
nous avons fumé lentement, à l'abri des regards. Ma joue
était à quelques pouces de sa hanche et sa cuisse touchait
mon bras. Un moment d'intimité comme ceux dont j'avais
rêvé, ces derniers mois. Les cris des quatre patineurs
résonnaient au loin.

— Ça m'intrigue. Pourquoi font-ils le tour du parc
toute la nuit ? Que cherchent-ils à épuiser ?

— Rien. C'est une forme de liberté. J'ai fait du patin
avec eux, au début de l'été. La nuit, quand les sentiers se
vident, il est possible de filer sans être dérangés jusqu'à ce
que l'aube se lève. Après quelques heures de mouvement,
un étrange phénomène se produit. Une forme d'hypnose.
Une bulle se crée autour de nous. On perd la notion du
temps, du lieu. Le parc devient une mer sans contour qu'on
parcourt de long en large. Et quand le cœur atteint un
certain rythme, on oublie le choc des patins contre le sol,
pour ne plus penser qu'aux gestes mêmes de la course, les
pieds qui se posent à intervalles réguliers, les bras qui
suivent la cadence, le torse qui se projette vers l'avant, tout
le corps qui s'anime ; et on se métamorphose. On descend
d'un cran, plus proche de nos instincts, de ce qui est animal
en nous. Des prédateurs. Le plus étonnant, c'est que l'envi-
ronnement lui-même se transforme. Comme si, en sillon-
nant le parc, on captait ce qui se cache sous sa surface. On
voit réapparaître des arbres depuis longtemps coupés, des
allées enfouies sous la pelouse. Le parc devient épais de
toute son histoire, de tous ces êtres qui l'ont habité et le
hantent encore.

Marianne s'est tue. Des prédateurs. Ma gêne était palpable, même dans l'obscurité. J'ai eu le goût de me lever et

de la prendre dans mes bras. Elle était là, à mes côtés, disponible, sa peau séparée de mon corps par quelques pouces à peine, quelques fibres de tissu, de l'herbe. Je n'avais qu'à tendre la main et la déposer sur sa cuisse, à m'étirer le cou pour l'embrasser, mais j'étais figé. Je me suis allumé une autre cigarette.

— William. C'est un père pour moi. Tes cartes de fêtes, moi aussi je trouve ça inacceptable. Qu'est-ce que Xa t'a proposé ?

— De partir avec lui en voyage. Loin. Très loin. Jusqu'en Inde. Il prépare ce voyage depuis six mois, il veut partir après la fête du Travail. Calcutta, Bombay, le Bengale.

— Tu partiras ?

— Je ne sais pas. Je ne connais rien à l'Inde. En même temps, rien ne me retient.

— Fuir, j'ai déjà essayé et ça ne sert à rien. C'est pire après qu'avant.

— Ce ne serait pas une fuite. Nous partirions un an. J'aurais congé de père pendant un certain temps. L'idée me plaît. Et je n'ai plus le goût de remonter sur les toits pour surveiller les tempêtes.

— Qu'y a-t-il entre Xa et toi ?

— Tu deviens indiscret…

— Quand je t'ai à côté de moi, j'ai le goût d'en savoir plus. De te connaître.

— Moi qui croyais que seules tes dialyses te préoccupaient. Tes reins, tes allergies.

— Je n'ai pas choisi d'être ainsi. Et je voudrais que ce soit différent. Que tu ne sois pas farouche. Que tu me laisses…

— Non, Mitchell. Il est trop tard. Tu tournes autour du pot depuis le début de l'été. Crois-tu que je ne t'avais pas vu m'observer au Château, tous ces après-midi, avant que tu te décides enfin à entrer? Et les vêtements que tu as acheté, la chemise en soie avec le bel imprimé, le pantalon noir, les as-tu au moins portés?

J'ai bredouillé des mensonges. Je ne pouvais pas lui dire que j'avais été immortalisé dans cette chemise, que Simon avait su reproduire avec précision l'imprimé et que son dessin était maintenant accroché dans le couloir. Je ne pouvais lui avouer que je les portais, ses vêtements, sur mon escabeau dans ma garde-robe, quand les lumières de l'appartement de la rue Boyer restaient éteintes. Ils me donnaient un sentiment de plénitude qui comblait le vide créé par le bris du miroir. La froideur de la soie me rappelait la blancheur de sa peau, et les dessins imprimés la rose et l'imago de ses tatous.

La vie qu'on mène est le brouillon du roman qu'elle permet d'imaginer. Mais comment apprendre à mettre au propre les événements de son existence ? La réponse continuait à m'échapper, malgré les mois qui se succédaient. Simon avait déjà déposé ses crayons, ses cahiers remplis et refermés, et je ne parvenais toujours pas à déchiffrer les circonstances de ma vie, comme si mes reins, en panne, faisaient tout se confondre, mes souvenirs, mes désirs, ma destinée perdue dans d'illisibles sentiers.

J'ai regardé le dessin de Simon sans me reconnaître. Mes traits avaient été reproduits avec exactitude. Ce corps, long et malhabile, était bel et bien le mien. Cette façon que j'ai de mettre mes mains sur mes cuisses, en écartant les doigts, Simon avait réussi à la rendre avec précision. Tout y était. Mais le sentiment de paix qu'il était parvenu à saisir à l'encre noire, avec de légères touches de rouge, m'était étranger. Peut-être son dessin était-il une promesse ?

Je souffrais d'un vague à l'âme d'un vert poisseux, quand le téléphone a sonné. Simon s'informait de ma santé. Ma chute l'avait inquiété, il craignait de m'avoir surmené. Je lui ai expliqué que j'avais déjà eu des baisses brutales de tension artérielle et que tout était rentré dans l'ordre. Il a hésité quelque peu avant de m'apprendre qu'il lui manquait un dernier croquis. En regardant dans ses cahiers, il s'était aperçu qu'il n'avait aucun gros plan de mon visage. Il lui manquait quelques détails, la forme de mes yeux, de mes iris aussi, et de mes oreilles. Il en aurait pour une heure à peine, une dernière heure.

Il est arrivé quelques instants plus tard, énergique et réjoui. Je suis allé me rallonger dans le fauteuil de l'oubli. Ma migraine était tenace. Il a avancé une chaise tout contre moi et, silencieux, son carton à dessin sur les genoux, ses crayons déposés sur le sol, il s'est mis à dessiner. Le frottement de la mine sur le papier, le souffle régulier de sa respiration, les mouvements secs et précis de ses mains m'ont permis peu à peu de m'abandonner. Nous avons parlé à bâtons rompus. Je lui ai demandé comment allaient ses parents, son père. Il ne le savait pas. Il ne l'avait pas vu depuis des années. J'ai fait mine d'être surpris.

— Et si tu apprenais qu'il était très malade, que ferais-tu ?

— La même chose que tout le monde. J'irais le voir à l'hôpital. Je m'en occuperais.

— Pourtant, vous ne vous voyez plus. As-tu déjà pensé à reprendre contact ?

— Parfois. On n'oublie pas son père. On me répétait, quand j'étais enfant, que je lui ressemblais. Même tête, même tempérament. Je détestais ne pas être le premier. Pourtant je n'y pouvais rien. On ne se rebelle pas contre ses propres gènes. Mais reprendre contact… J'attends que nous soyons réunis par la force des choses. Mais l'occasion n'est pas encore venue. Il n'a jamais rien vu de ce que j'ai fait… Rien. Pas le moindre dessin.

Le visage de Simon était à quelques pouces du mien, et je me suis surpris à réunir les deux en pensée, à placer William au Palais et Simon dans le parc, à les faire se rencontrer, dans un moment d'intense émotion. J'ai regardé Simon prendre une cigarette. Ses lèvres se sont entrouvertes, minces, dessinées de façon précise, trop pour qu'elles soient vraiment belles. Ses dents étaient presque blanches. J'ai observé ses yeux en amande, légèrement enfoncés dans leur orbite, ses cheveux fournis, dont une mèche n'arrête pas de descendre jusqu'au sourcil droit. Et j'ai pensé à William, qui lui avait donné la forme de ses yeux et de ses lèvres. À William, présent malgré tout dans la vie de son fils.

À son tour, Simon m'a demandé s'il me restait de la famille à Denver. J'ai répondu qu'il y avait ma grand-mère, que c'était elle qui m'avait élevé, mais que j'étais parti dès que j'avais pu le faire. Une grand-mère enfermée dans un mutisme obstiné dont elle n'était sortie qu'à de rares occasions. Une grand-mère de glace qui me détestait. J'avais été élevé dans le silence, celui des tabous et du mépris, celui du passé qui ne doit pas être évoqué. J'ai ajouté que mon père était mort à la guerre, et ma mère en couches. Simon ne m'a pas cru. Quelque chose dans mon ton avait sonné faux. Mes reins avaient dû parler malgré moi et laisser transparaître un soupçon de vérité.

Je résistais à me livrer comme il l'avait fait si souvent. J'avais appris à Denver qu'il fallait tout garder pour soi, y compris et surtout les choses importantes, les secrets, les peines. Qu'il fallait rester stoïque, mais surtout insaisissable, une surface polie. Je n'avais jamais rien avoué à personne, pas même aux médecins qui avaient cherché la cause de mes allergies et qui m'avaient assuré de leur discrétion. Mais, comme Simon s'emparait de mon visage, pour le coucher sur son papier, mes traits traduits en lignes grasses et noires, je trouvais de plus en plus difficile de me taire.

Simon a continué à dessiner, indifférent à mon trouble. Il s'est penché vers moi pour croquer un détail, ses yeux aussi perçants que des dards, et je me suis senti traversé de part en part, ma peau réduite à un voile presque translucide. Un voile prêt à se lever. Je me suis mordu la lèvre inférieure. J'ai tenté de me plonger dans la lecture de mon livre, de fermer les yeux et de m'assoupir, rien n'a pu arrêter mes résistances de se dissoudre. Avec ses croquis, Simon s'est approprié plus que mes traits, il a mis la main sur mon âme, son principe, ce deuil qui me consume. Et les mots sont finalement sortis de ma bouche. J'ai révélé ce secret qui avait empoisonné mon enfance et qui avait atteint jusqu'à mes reins.

J'ai commencé avec Oslo, notre amitié, nos aventures. Le choc de sa mort, la maladie. Je lui ai dit qu'il avait été frappé par un train. Il était étendu sur les rails et n'avait pas entendu le train arriver. Je n'étais plus là quand l'accident s'était produit, mais j'avais découvert le corps, le lendemain à l'aube, quand j'y avais mené le policier qui était à sa recherche. C'était son père. Et je l'avais vu pleurer quand on avait récupéré le corps de son fils. L'un des bras arraché par les roues avait déjà disparu, emporté par des carnassiers. Et l'odeur. J'avais été malade. J'avais dû me cacher derrière un arbre, pour que son père ne s'en aperçoive pas.

Le front appuyé sur l'écorce, j'avais aperçu un loup. Les yeux jaunes et perçants d'un loup qui me dévisageait. Il était là, tapi dans l'ombre du sous-bois, la tête penchée, le regard précis. Il attendait. Nous avions dû le déranger dans son repas. Il s'était retiré quand nous nous étions approchés du corps d'Oslo. Il n'était pas parti. Il espérait que nous lui laissions des morceaux. J'étais à genoux, en train de me vider, secoué par le cadavre de mon ami à qui je ne pouvais rendre la vie, et un loup me regardait, comme s'il avait su ce que je vivais, comme s'il avait compris ce qui avait pu se passer. J'avais eu peur. Ce loup avait commencé à se gaver d'Oslo. Il avait déjà mangé de sa chair, de ses entrailles. J'aurais voulu mourir. À tout le moins crier, pour avertir le policier, mais j'étais devenu muet. Le loup m'épiait, derrière son arbre. Et j'avais l'impression qu'il me parlait, qu'Oslo me parlait par son intermédiaire. Le loup et Oslo ne faisaient plus qu'un seule personne, liés pour l'éternité dans la mort. La sienne, la mienne, à jamais reportée. Mais toujours présente. J'avais crié. Crié jusqu'à ce que le loup se sauve, emportant avec lui ma paix.

Je ne me suis pas arrêté là. Simon me regardait étonné. Il avait, pour la première fois depuis longtemps, déposé son crayon pour m'écouter.

Je n'y étais plus quand Oslo s'est fait frapper, ai-je ajouté, mais je savais qu'il reposait inconscient sur les rails. J'avais ma part de responsabilité. Nous nous étions disputés. Nous marchions sur le chemin de fer, ce que nous faisions souvent, chacun sur son rail, à parler de tout et de rien. Nous avions bu. Et puis, nous nous sommes querellés. Je me suis fâché. Je lui ai donné des coups, je l'ai frappé au visage, une vraie bataille, et il est tombé, la tête directement sur le rail. Il s'est assommé. Mais ma colère était telle que je l'ai laissé là. Et quand j'ai entendu le train arriver, il était trop tard. J'étais loin, je ne pouvais plus rien faire. J'ai couru pour revenir à l'endroit où je l'avais abandonné. Il était trop tard. Trop tard. Oslo n'avait jamais repris conscience et le train était passé. Il avait été démembré. Oslo, mon meilleur ami, mort par ma faute… Je me suis enfui. Je suis retourné à la maison. Le lendemain, peu avant l'aube, son père est venu à la maison. Nous sommes partis à sa recherche. Mais je n'ai rien dit de notre dispute. Et on ne m'a pas accusé. J'étais son meilleur ami.

Il me restait à parler de notre dispute, de ce qui avait provoqué cette rage meurtrière. Je ne pouvais plus reculer. Simon m'a offert une cigarette.

Sur les rails, comme d'habitude, j'avais voulu inventer une nouvelle histoire sur mon père, dont les faits d'armes imaginaires avaient meublé nos escapades aux limites de la ville. Mais cette fois-là, Oslo ne m'avait pas écouté. Il m'avait toisé et traité de menteur. Son père lui avait raconté la vérité. Il avait rétabli les faits. Mon père n'avait jamais été un militaire, comme je le lui avais toujours laissé croire, et ma mère n'était pas morte en couches. Elle avait fui plutôt dès qu'elle avait accouché et m'avait laissé à sa propre mère. Pour ne plus jamais reparaître. Oslo connaissait tous les détails.

Je n'étais pas victime du destin, mais d'un abandon. Et mon père était un simple vagabond, un Québécois avec qui ma mère s'était acoquinée. Avant même ma naissance, il avait été accusé de vol à main armée et d'homicide involontaire, puis condamné à onze ans de prison. Un récidiviste… En prononçant ce dernier mot, Oslo avait éclaté de rire. Je n'étais pas le fils d'un aviateur mort au combat, mais l'enfant illégitime d'un malfaiteur. Cela changeait tout.

Ses railleries m'avaient enragé. Tout ce qu'il me racontait, je le savais déjà. Je l'avais appris par ma grand-mère, qui s'était fait un devoir de me remettre à ma place. Ma mère était une dévoyée, mon père un criminel, et je ne méritais pas le sang qui coulait dans mes veines. Pendant quelques années, j'avais écrit à mon père en prison. J'avais trouvé son nom dans des coupures de presse que j'avais découvertes dans la garde-robe de ma chambre où les affaires de ma mère avaient été rangées. Je lui avais écrit de nombreuses lettres dans lesquelles je racontais ma vie, mes rêves, la sévérité de ma grand-mère, mon désir de le connaître enfin quand sa peine serait purgée. Il n'avait jamais répondu. Je m'étais inventé toutes sortes de scénarios pour expliquer son silence. De la gêne, du remords, de la timidité, il ne savait pas écrire, on le lui interdisait. Je faisais fausse route. Et, quand il a retrouvé la liberté, non seulement il ne s'est jamais présenté, afin de me délivrer de mon triste sort, mais le directeur de la prison m'a retourné toutes les lettres que je lui avais écrites. Toutes intactes. Elle n'avaient jamais été lues, jamais été décachetées.

Personne n'avait le droit de rire de ma déconvenue. Oslo pas plus que les autres. Et je l'ai frappé. Je lui ai donné des coups d'une violence qui m'a purifié. Son sang sur mes mains avait le goût de la vengeance et je suis parti sans penser au mal que j'avais fait. Sans me douter que ce geste irréfléchi s'accrocherait à moi comme une sangsue.

Les lignes brisées. À tout moment, nous sommes devant des fourches. Devons-nous aller à gauche ou à droite ? Pouvons-nous revenir sur notre chemin, comment faire pour ne pas se perdre ? Par nos gestes, nous choisissons une trajectoire, sans vraiment nous en rendre compte, sans penser à toutes celles qui sont alors exclues. Nous vivons notre vie, sans réfléchir au fait qu'une autre destinée aurait pu se dérouler. Que serais-je devenu, si l'aiguillage de mon passé m'avait dirigé sur une autre voie ? Le passé ne meurt pas, surtout quand il a la force d'un météorite. On le traîne comme un boulet. Il était temps d'emprunter une nouvelle direction. De briser cette ligne qui ne m'avait causé que du tort.

— J'ai pensé, Marianne, que nous pourrions ici, contre l'arbre, peut-être... le faire.

— Toi et moi ? Ici ! Tu n'es pas sérieux...

— Oui. Et c'est essentiel que ça arrive.

— Quelle façon de faire la cour ! Je ne suis pas une thérapie.

— Tu es différente ; avec toi, je ne suis pas allergique.

— Et en quoi suis-je concernée ? Non, Mitchell. Je ne fais jamais rien par devoir. Surtout pas ça... Et avec les autres, tu t'y es pris de cette façon ?

— Quelles autres ?

Cela m'avait échappé. Il n'y en avait jamais eu d'autres. Les occasions avaient été toutes ratées et je m'étais fait à l'idée de vivre en célibataire, de garder pour moi mes pulsions et mes désirs. De les enfouir profondément. Je ne voulais pas courir le risque de me trouver dans une situation fâcheuse devant une inconnue qui n'aurait pas su comment réagir, qui aurait ri de moi. Comment fait-on l'amour la première fois? Comment sait-on si son corps suivra, s'il saura réagir de la bonne façon? Adolescent, ces questions me terrorisaient et je n'avais aucun père pour me rassurer. Oslo, de plus, était mort avant même que ces questions se posent et je n'avais pas su le remplacer. Je m'étais retiré dans mes songes et mes cahiers, passant ces années à fantasmer sur ce que je ne parvenais pas à vivre. Puis, mon allergie s'était déclarée, qui avait laissé ces questions indéfiniment en suspens, jusqu'à devenir des murs infranchissables.

Mais l'irruption de Simon dans ma vie avait tout chambardé. L'œil-de-bœuf m'avait révélé un univers de désir et de corps, de rituels et de passion. Et toutes ces questions qui étaient trop longtemps restées irrésolues avaient commencé à trouver des réponses. Simon avait ouvert une brèche dans mes murs intérieurs par laquelle s'était immiscée Marianne. J'avais vu ce qu'elle lui avait fait, quel désordre elle avait déclenché dans son âme et sa vie. J'avais été témoin de la passion qu'elle avait provoquée, une passion capable de changer le cours des choses.

Et c'est ce qu'il me fallait. Je voulais que Marianne soit la première, que ce soient ses gestes qui m'amènent à la jouissance et son corps qui m'initie à l'acte. C'était elle ou rien. Mes doigts fouleraient la peau autour de ses tatous. Je prendrais ses seins dans mes mains, pour les masser, et elle ferait glisser ses doigts le long de mon sexe. J'enfoncerais mon membre entre ses cuisses et elle me ferait jouir, son front perlé de sueur, des secousses promptes et météoriques, qui me débloqueraient les reins, les pores, l'âme.

— Je ne sais pas comment faire, Marianne, comprends-tu? Je ne sais pas à quoi ça ressemble de faire l'amour, de

mettre ma main sur un sein. Est-ce que c'est dur, mou, déli-
cat, sensible, compact, est-ce que ça fuit sous les doigts ?
Est-ce que c'est chaud ?

— Tu as dû voir des images…

— Ce n'est pas la même chose. C'est toucher qui me
manque. Le savoir pour moi et par moi-même. Mais c'est
inutile. Je sais bien que ce n'est pas de cette façon qu'il faut
s'y prendre. Je ne veux pas faire pitié. Je te le dis pour que
tu comprennes, c'est tout. Pour que tu ne ries pas de moi.
Je peux accepter que tu refuses. Mais je ne veux pas…

Marianne était attendrie. Pour seule réponse, elle a saisi
ma main et l'a déposée sur son sein gauche. J'étais stupé-
fait. Le coton était humide, et son sein était souple. Il s'est
blotti dans le fond de ma main, comme un fruit. J'ai même
cru percevoir un durcissement de sa pointe. La sensation a
envoyé une décharge électrique qui m'a traversé le corps.
J'étais incapable de regarder Marianne, incapable de lever
les yeux vers elle, incapable de détacher mon regard de ma
main qui reposait, alourdie par la surprise, sur sa poitrine.
Je n'osais pas bouger les doigts, déplacer ne fût-ce que
d'un pouce ma main, de peur d'avoir à la retirer et de
briser la magie. En même temps, je ne sentais plus rien. Son
sein disparaissait sous ma paume. La sensation fulgurante
du début, qui avait provoqué une formidable épiphanie,
faite de perceptions longtemps pressenties et enfin confir-
mées, était en train de s'évanouir, sans que je puisse l'en
empêcher.

— Tu vois, ce n'est rien. Juste du corps. Tu peux retirer
ta main.

— Et tes tatous ?

— Non. Ceux-là, il faut les mériter.

Quand j'ai retiré ma main, une partie de la perception
originale est revenue. Ma main était vide, mais son sein y
était encore plus présent qu'avant. Son souvenir s'y était

gravé, à travers mes lignes de vie et d'amour. Et j'ai compris que ce n'était pas le fait de toucher qui était important, mais de prendre et de laisser. Non pas de maintenir le contact en permanence, mais de passer du vide au plein. La jouissance était dans le geste, dans la vie. J'en voulais encore.

— Je n'irai pas plus loin, Mitchell. Je ne fais pas de bénévolat.

— Je n'en demande pas beaucoup.

— Qu'est-ce qu'il te faut de plus alors ? Que je me dénude ? Que tu puisses tout tâter ? Comme dans un cours d'anatomie ? En temps normal, ça m'exciterait de savoir que, pour toi, c'est la première fois. À quatre heures et demie du matin, je suis moins certaine. Je me dis que ça peut attendre. Et il y a Xa et William tout près. Ils nous entendent parler. On peut te trouver une prostituée.

— Ça ne marchera pas.

— Tu as peur ?

— Non, ce n'est pas ça.

— Tu as peur !

— Mais non... Je ne te demande qu'une petite chose. Un rien.

— Dis-le.

— Je voudrais simplement que tu m'embrasses.

— Un baiser ?

— Plus...

— Que je t'embrasse. Et quoi, après ? Que je mette ma main...

— Non ! Ce sera suffisant.

— Un baiser...

— Juste un.

— Donne-moi une raison.

— Parce que je veux savoir. Parce que tu serais la première. Parce que je ne le demanderais à personne d'autre.

Parce que ma vie sûrement en sera changée. Parce que cette nuit est une initiation. Parce que c'est la fin d'un monde. Est-ce assez ?

— Non.

— Mais il n'y a pas d'autre raison.

— Si, la seule que tu n'as pas donnée. La seule qui importe.

— Parce que, depuis la première fois que je t'ai vue, je n'ai pas arrêté de penser à toi. Parce que tu hantes mes rêves, que je vois tes tatous partout.

— Tu n'as rien compris. Tu ne penses qu'à toi, à tes petites expériences, à tes manques. Mais je ne suis pas là juste pour répondre à tes besoins. Tu ne parles pas à un miroir. Ce n'est pas à moi à te faire des choses. C'est à toi de les faire. C'est toi et personne d'autre. Si tu as des désirs, dis-les. Ne fais pas comme s'ils appartenaient au voisin.

— Parce que je te désire, Marianne. Voilà, je te désire. Je veux t'embrasser.

Et elle s'est penchée. J'ai fermé les yeux, incapable de supporter l'attente. Ses lèvres se sont posées délicatement sur les miennes. Humides, légèrement striées. J'ai senti son nez s'appuyer sur ma joue, ses cils effleurer ma peau.

Sa bouche s'est ouverte et j'ai suivi le mouvement, mes lèvres soudées aux siennes. J'ai approché ma langue et je l'ai sortie minutieusement, comme un escargot émerge de sa coquille, lent et sinueux. Je l'ai avancée et j'ai frôlé ses dents. Elles étaient froides au toucher et lisses. Je n'avais jamais remarqué que ses deux palettes étaient irrégulières et qu'une légère entaille marquait celle de gauche. Je ne savais pas où aller, comment retrouver cette langue que je désirais atteindre. Je n'ai pas eu à m'inquiéter, elle était là, en plein centre, large et majestueuse. Et quand le bout de la mienne a frôlé la surface de la sienne, quand nos papilles se sont frottées les unes aux autres et que ma salive et la sienne n'ont plus fait qu'un seul liquide, j'ai senti le sol s'ouvrir sous mon corps. C'était donc cela… Un sentiment doux et utérin. Un contact immédiat, intérieur, au goût plus fort que tout aliment, plus intense qu'un rêve de vol.

Notre baiser n'a duré qu'un instant, quelques secondes à peine d'un contact furtif. Mais cet instant s'est figé pour l'éternité. Car au moment même où nos langues se sont touchées, où j'ai atteint pour la première fois ce lieu où seuls les amants se rendent, j'ai senti un début d'érection. Mon sexe avait réagi, il n'était pas resté indifférent. Marianne, comme je l'espérais, venait de changer le cours de ma vie. Je n'avais pas eu droit à une étreinte complète, à cette passion qui déplace des montagnes, mais le peu qu'elle m'avait donné à l'instant suffisait à rétablir le cours des choses, à me remettre sur les rails. J'avais enfin droit à une réponse. J'étais un homme.

Marianne s'est levée sans dire un mot. À peine s'est-elle essuyé la bouche du revers de la main. Elle est allée rejoindre les autres. Je suis resté couché contre mon orme et j'ai mis ma main sur mon sexe. J'avais envie de pleurer. Un étonnant sentiment de liberté me secouait de la tête aux pieds. J'ai désiré soudainement rejoindre mon lit, un peu de sommeil et cet état de bonheur passager qui apparaît quand mon sang est renouvelé et qu'au sortir de l'hôpital le vent souffle sur mon visage, apportant avec lui des arômes de rosiers et de genévriers.

Je me suis levé, tant bien que mal. L'équilibre est une chose précaire, quand le sang ne tourne pas rond. On se met à tanguer, on chavire à chaque pas, le sol se couvre d'un sel glissant.

Je me suis approché d'un muret. William fumait une cigarette. Il était nerveux, livide. Quelque chose avait cédé. Ses propos étaient confus. Xa l'écoutait, tentant de le calmer.

— Je n'aime pas mes pieds. Je ne les aime plus. Si je pouvais, je les écraserais immédiatement, avec une pierre. Je les brûlerais. Leur forme. On n'a jamais rien vu d'aussi laid qu'un talon. Et un petit orteil n'est rien sinon un bout de chair avec un capuchon translucide. Et la plante des pieds, à quoi sert-elle, si elle ne repose pas sur le sol? À quoi sert toute cette surface? Un arc, une surface plane, lisse, un vide. Pourquoi est-ce qu'on n'a pas des pieds comme les pattes des chiens? Prends les pattes d'un chien, elles sont régulières, un peu repliées sur elles-mêmes, rien de long comme les pieds humains. Les nôtres s'allongent comme des vessies.

William a sorti un dépliant de la poche arrière de son pantalon. Il l'avait pris chez son médecin. Sur la page couverture, un pied avait été dessiné avec des ailes de chaque côté de la cheville. William en a lu des extraits, des mots surtout qu'il égrenait d'un ton grave.

— Le pied : 52 os, 33 articulations, 107 ligaments et 19 muscles. Le tarse, le métatarse et les orteils. Le calcanéum, l'astragale, la saillie du talon, le tendon d'Achille. Le pied grec, le pied carré et le pied égyptien. La poulie astragalienne et la face supérieure du col. La gouttière transversale.

— William, arrête.

— Le cuboïde, le scaphoïde, les cunéiformes. Les phalanges métatarsiennes.

— Tu ne fais que te torturer.

— Les déviations. Le faux pied plat des enfants, le pied plat aux genoux cagneux, le valgus. Le pied ballant, le pied tordu par la maladie de Norton, les pieds creux, les contractés, en adduction, en abduction, en supination et en pronation. Le versement des chevilles, l'orteil en marteau, le pied bot en varus. Les oignons, les cors, les ampoules, les verrues plantaires.

— Sois raisonnable. Donne-moi le dépliant.

— Les amputations du pied... La Choppart, la Lisfranc, la Ricard, la Pirogof.

Xa ne savait plus comment contenir William, qui se noyait dans cette mer opaque de termes techniques. Il a fini par lui retirer de force le dépliant qu'il a déchiré en menus morceaux. Je les ai écoutés d'une oreille distraite, étourdi par ma propre expérience et préoccupé par les cris des patineurs qui tournaient autour du centre Calixa-Lavallée. Ils n'avaient cessé de rôder toute la nuit dans le parc, affamés comme des loups.

Aux éclats de leurs voix, j'ai compris qu'ils avaient changé de direction. Ils se rapprochaient. Je les ai vus traverser la rue et descendre du côté de la maisonnette qui avait servi auparavant d'entrée au Jardin des merveilles. Nous étions, avec Félix, sur les lieux de l'ancien zoo, paradis perdu sous la pelouse.

Selon Marianne, les patineurs glissaient dans leur propre univers, indifférents à notre présence. Leur conscience était altérée par l'effort, par tout ce que le parc avait d'immémorial aussi et qui refluait à leur passage. Ils formaient un groupe compact, étanche. On aurait dit une comète, avec sa chevelure et sa queue, un astre de nuit libérant cris et poussières, en orbite dans le parc, mais en une orbite excentrique, faite de courbes sans fin, de tours et de détours, de pivots brusques. Une orbite qui menaçait subitement de croiser ma propre trajectoire.

Bientôt, je les ai vus arriver. Ils descendaient l'allée de droite. Ils roulaient en formation serrée, nous allions bientôt être envahis. Leurs genouillères et leurs casques noirs luisaient à la lumière des lampadaires. Ils dansaient avec leurs patins, croisaient les jambes, tournoyaient, hurlaient. Une meute de loups. Dans leur sillage, le Jardin des merveilles a jailli brusquement des profondeurs du parc. Comme des êtres qui sortent de terre pour nous hanter. Hypnotisé par leurs pas de danse et leur rythme accéléré, par ces visions qui traversaient mon esprit, j'ai figé sur place.

Les patineurs sont passés en trombe. À peine ont-ils remarqué la forme pelotonnée contre le muret. Ils ont viré légèrement et je me suis retrouvé sur leur route. Effrayé, j'ai reculé et je suis tombé.

J'ai trébuché contre le socle de la statue et basculé vers l'arrière. J'ai entendu les loups hurler au loin, quand ma tête a touché le bronze. C'était humide. Du sang, ce ne pouvait être que du sang, s'est mis à couler le long de mon cou. Mon corps était engourdi. J'ai vu apparaître, dans mon champ de vision restreint, les visages de Marianne, de Xa et de William, puis ceux des quatre patineurs.

Tom et Marianne se sont empressés de me prendre par les bras et de me lever. Je me suis adossé contre la statue. Le bronze était froid. Le Jardin des merveilles était presque palpable, devant moi. L'ombre des maisonnettes se dessinait sur la pelouse, la muraille au loin zébrait l'horizon. Les arbres s'étaient alourdis et leur feuillage absorbait toute la lumière. Les animaux étaient calmes, même les loups ne rôdaient plus dans leur cage. J'ai été étonné. Où étaient-ils partis ? Du sang avait coulé, ils auraient dû être à l'affût. Leurs yeux rouges dans la nuit, leurs oreilles tendues, leurs crocs dégagés. Je les voulais, ces loups. Leur montrer que le malheur n'avait pas cessé de s'abattre sur moi, depuis la première fois que l'un des leurs m'avait aperçu. Mon sang leur appartenait. J'ai voulu m'avancer pour leur offrir ma dernière blessure. Un ultime sacrifice. Mais ils n'étaient plus là. Leur cage était vide. Et au troisième pas, je me suis affaissé.

On m'a assis sur le muret. William m'a offert une cigarette, la dernière de son paquet. Le Jardin s'est peu à peu dissipé. Marianne m'a ausculté. « Ce n'est rien pour la tête, a-t-elle dit. Juste une coupure. Il faudra quelques points de suture, mais ça ira. »

Je les ai entendus discuter. Plus personne ne savait quoi faire. Qui devait-on transporter en premier à l'hôpital ? Marianne est intervenue. « On continue, a-t-elle prononcé, sans même regarder dans ma direction. On ne peut plus reculer. » Et nous sommes repartis, William soutenu par Hugo et Virginia, moi-même entouré d'Étienne et de Tom.

Marianne a pris les devants, accompagné de Xa. Tous ensemble, nous avons quitté la statue de Félix Leclerc et avons rejoint l'allée, qui longe l'étang, au niveau du belvédère. Nous sommes passés rapidement à côté de la sculpture de Dollard des Ormeaux, avec son glaive sur le point d'être tiré et les anges qui l'accompagnent, leurs ailes déployées. Les fleurs des longues plates-bandes dégageaient un doux parfum. Étienne et Tom donnaient des coups de patin sporadiques, pour maintenir une vitesse minimale. Je marchais sans avoir à supporter mon poids, mes pieds touchaient à peine le sol. Nous sommes sortis du parc par la grande allée. J'aurais voulu de la musique, un soleil naissant, un signal quelconque. Rien.

Nous avons traversé l'avenue du Parc-La Fontaine, pour déboucher sur Rachel, peu avant le snack-bar, toujours ouvert avec son éclairage au néon et sa clientèle de pompiers et de policiers. Nous avons traversé la rue. William somnolait maintenant dans les bras de ses anges. Arrivés à la ruelle, près de la rue Boyer, j'ai eu un léger pincement au cœur, mais il n'était plus possible de reculer. De toute façon, je n'avais plus le contrôle de mes mouvements. Tout commençait et devait se terminer là, chez Simon, dans son appartement rempli de dessins et de souvenirs empruntés. J'ai indiqué la porte. Marianne s'est arrêtée, tout étonnée de retrouver une maison qu'elle connaissait. «Mais je le connais ton fils, a-t-elle dit à William, je suis déjà venue ici.» Puis, elle m'a regardée d'un air méchant. Elle ne croyait pas que c'était une coïncidence. Mais il était trop tard. William avait repris tous ses sens. L'enthousiasme subit de Marianne lui avait fouetté le sang. Il l'a pressée d'aller sonner. L'aube approchait.

Marianne nous a regardés une dernière fois. Elle a tendu la main et du bout de l'index a pressé sur la bande noire de la sonnette. Le son a retenti d'une façon étonnante à nos oreilles. Le silence du matin, me suis-je dit en écoutant l'écho de la sonnette. Il amplifie tout. Après quelques instants d'un silence gêné, tous les yeux tournés vers la porte qui demeurait fermée, Marianne a recommencé et, de nouveau, le bruit discordant de la sonnette s'est fait entendre. Rien. Quelques propos ont été échangés, sur l'absence probable de Simon, sur les réveils brusques, la méfiance, les matins, le poste de police, la ruelle. Toujours rien.

D'un geste machinal, Marianne a tourné la poignée de la porte qui n'a pas résisté. Sans un grincement, la porte du 4214 Boyer s'est ouverte, découvrant un vestibule vide. Nous avons reculé d'un pas, interdits. Marianne a rompu le silence. Elle s'est avancée, a mis un pied dans le vestibule et a pris sa plus belle voix.

— Allô! Il y a quelqu'un? Simon?

Personne ne voulait entrer. J'ai pris les devants. Cela me revenait de droit. Je suis entré dans le vestibule et j'ai ouvert la porte intérieure, pour découvrir un couloir vide. Après quelques pas incertains, je me suis avancé jusqu'au salon. Rien. Dans la chambre à coucher, rien non plus. L'appartement était vide. Vide ! Simon était parti, avec ses affaires. Il avait emporté son lit, sa table à dessin, son réfrigérateur, tous ses meubles. Il ne restait plus rien. Intriguée par mon mutisme, Marianne est entrée à son tour.

— Mais il n'y a personne ici ! L'appartement est inhabité. William, n'entre pas. Ça ne sert à rien. Ton fils n'habite plus ici.

— Ce n'est pas vrai. Mitchell ! Qu'est-ce qui se passe ? Où est Simon ?

— Je ne sais pas.

— Ne mens pas.

— C'est la vérité.

— Tu voulais nous amener ici et tu ne savais même pas qu'il n'y était plus ?

— Les dernières fois que j'ai regardé, il habitait toujours ici. J'en suis sûr…

Les quatre patineurs sont entrés à leur tour, leurs patins sur le parquet vernis. Ils trouvaient la scène amusante.

— Il y a des cartons aux fenêtres de la chambre à coucher et de la cuisine.

— Ce n'est pas très beau. Le soleil ne peut pas entrer. Regardez, dans le carton de la chambre à coucher, il y a un trou qui permet de regarder à l'extérieur.

— Qu'est-ce qu'on voit ?

— Rien. La ruelle. Les murs des bâtiments de l'autre côté. C'est tout. Et si j'ai bien compris, il s'est sauvé en vitesse.

J'étais atterré. Simon. Les ravages de la confrontation que nous avions eue, deux semaines auparavant, n'avaient épargné personne. J'avais été hospitalisé pour quelques jours et, pendant ce temps, il avait quitté son appartement. J'avais bien remarqué les morceaux de carton qui recouvraient les vitres de sa chambre et de la cuisine, tandis que de lourdes tentures étaient tirées devant la fenêtre de sa salle de travail, mais j'avais cru qu'il cherchait à se soustraire à mes regards. Jamais n'avais-je imaginé qu'il s'était enfui. Je me suis affaissé contre un mur. Marianne s'est impatientée.

— Je ne sais pas ce qui me retient… C'est vrai, Xa ! Il ne nous a pas tout dit. Tu ne vois pas ? Il s'est passé quelque chose avec Simon. Et Mitchell le sait.

— Qu'est-ce que tu veux qu'on fasse ?

— Je ne sais pas. Appeler la police ? Le poste est juste à côté. On pourrait y aller et les avertir.

— Mais de quoi ?

— D'une disparition, ou quelque chose d'équivalent.

— Simon est parti, cela ne veut pas dire qu'il a disparu. Tu nous vois aller au poste et rapporter un déménagement qu'on n'avait pas prévu ? Et dans notre état ! C'est nous qu'ils mettront en cellule…

— Tu as raison. Mais Mitchell doit y être pour quelque chose. Je le sens.

— Il est encore plus contrarié que toi. Marianne, cette histoire ne nous regarde pas. Je préfère ne pas rester ici. C'est lugubre. Et vide. Il n'y a pas de place pour s'asseoir. J'aimerais te parler encore du voyage. On pourrait aller au Météor, c'est ouvert toute la nuit. Je prendrais bien quelques bagels.

L'idée plaisait aussi aux patineurs. L'inaction les rendait instables, ils voulaient repartir. Xa les a invités à se joindre à eux. Marianne est restée soucieuse. Elle voulait appeler un taxi pour emmener William à l'hôpital. J'ai regardé à mon tour le père de Simon, appuyé lourdement sur sa canne dans le cadre de porte de l'ancienne chambre à coucher. Il était temps que je prenne mes responsabilités.

— Je peux m'en occuper. Je sais ce qu'il reste à faire. Il n'y a pas de danger. Je vous ai conduits jusqu'ici, je peux terminer le trajet.

Marianne a regardé William et lui a demandé ce qu'il en pensait. L'absence de son fils l'avait secoué. Au fur et à mesure que le voyage avait avancé, il s'était pris au jeu. Cette nuit était devenue un événement, elle lui avait permis de faire enfin un geste, qui venait de perdre toute signification. Il a opiné de la tête.

Marianne résistait toujours, mais Xa l'a prise par les épaules et entraînée vers la porte. Ils se sont arrêtés pour étreindre longuement William, lui prodiguer leurs derniers encouragements. Ils lui ont promis de lui rendre visite dès le lendemain. Marianne lui a dit de ne pas s'en faire pour Simon, qu'elle ferait des recherches et parviendrait sûrement à le retrouver. Ils avaient des amis en commun. Quelqu'un devait savoir où il était. William a fait mine d'être rassuré.

Ils sont sortis, suivis des patineurs, qui ont levé le poing au ciel en guise d'adieu. Personne ne s'est retourné pour me dire au revoir. Pas même Marianne.

Nous étions seuls, William et moi. Mon âme était tout aussi vide que l'appartement de Simon. Je serais resté assis contre le mur de sa chambre, à attendre la fin du monde, les bras sur les genoux. Il ne restait plus rien de mon univers. Les murs du logement étaient comme l'écran d'une salle de cinéma, une fois la projection finie. Une surface blanche, sans relief, sur laquelle on ne pouvait plus rien discerner, pas la moindre figure. Je me vidais de l'intérieur.

— Mitchell, où est Simon?

— Je ne le sais pas. Je te le jure.

— Tu savais qu'il était parti?

— Non.

— Mais tu sais pourquoi il l'est…

— Oui.

— Tu me dois des explications. Je veux savoir ce qui s'est passé avec mon fils.

— Je ne peux pas. Pas tout de suite. Ce serait trop long. Et il y a des bouts que je ne comprends pas encore moi-même. Mais je t'assure que je le ferai. Dès que je le pourrai, je te raconterai tout. Après l'opération.

William a fouillé ses poches à la recherche d'une cigarette. J'avais fumé sa dernière. Je me suis relevé et lui ai tendu la main.

— Viens.

— Je n'ai plus de force.

— Je t'aiderai. On va aller au Palais des nains.

— Chez toi?

— C'est juste à côté. Tu t'étendras un peu avant de partir pour l'hôpital. J'ai quelque chose à te montrer.

Simon était parti par ma faute. Il m'avait rendu une ultime visite au Palais, deux semaines plus tôt, et notre amitié s'était brisée en mille morceaux, comme une poupée de porcelaine. Irréparable.

Je buvais tranquillement une tisane à la menthe et au tilleul, installé dans le fauteuil de l'oubli, quand on a sonné à la porte. Je n'attendais personne, je ne voulais voir personne. Mon aveu avait eu lieu une semaine auparavant et ma honte ne dérougissait pas.

C'était une journée sans dialyse, faite d'un empoisonnement lent et surtout épuisant, quand j'ai dans la bouche un arrière-goût déplaisant et que mes mains deviennent moites, mes poignets et mes chevilles légèrement enflés, la tête lourde aussi et mon odorat complètement déréglé. Ce dernier symptôme, surtout, me causait du souci. Les plus étranges odeurs semblaient envahir l'appartement : de vieux déchets, du coton pourri, une urine forte, à peine humaine. Je m'isolais dans mon salon et tâchais de lire afin d'oublier les effluves qui ne devaient exister que dans mon nez, des réactions somatiques à une décomposition intérieure.

J'avais accroché le cadeau de Simon dans le couloir du Palais, à la place de la photographie de la couronne du roi. C'était mon joyau, la pièce centrale de mon univers. J'ai vite compris que je pouvais m'y arrêter, quand, impatient, je marchais sans arrêt dans la maison. Le soupçon de paix qui régnait sur la chaise me réconciliait avec mon passé. Simon avait vu juste.

Je ne sais pas pourquoi mon corps se rebellait autant, quelle tension cachée le saisissait et cherchait à le tordre. J'avais pourtant été tranquille, la veille. J'avais marché un peu dans le parc, je m'étais assis une petite heure avec William, puis, de retour à la maison, j'avais mangé du riz avec un peu de morue bouillie et des carottes cuites à la vapeur. J'avais vaqué à mes occupations habituelles, avant de me coucher, un peu plus tôt que d'habitude. Il faut dire que Simon n'avait pas été à son appartement de la soirée. Les lumières étaient éteintes, il n'y avait pas eu de mouvements. Depuis le bris du miroir et la disparition de France, l'appartement de la rue Boyer avait perdu de son intérêt. Il ne s'y passait plus rien d'excitant. Heureusement que mes séances de vigie avaient été remplacées par le projet de Simon, sinon je n'aurais pas su comment occuper mon esprit. J'aurais erré dans mon Palais, un roi déchu, sans sujets pour le réconforter et lui donner une raison d'être.

Je n'avais plus grand-chose à gagner de mes vigies, mais je les continuais quand même. Par acquit de conscience, par souci d'exactitude, par fidélité aussi à Simon. Elles m'étaient devenues indispensables au fil des mois et je ne voulais pas les lâcher en cours de route. J'avais quand même l'impression d'en être arrivé à une demi-vie, comme les substances radioactives. Mes vigies ne duraient plus qu'une heure ou deux, pendant lesquelles je lisais même un peu, allumant pour ce faire la lumière de la garde-robe, passant en fait d'une période d'observation à une période de lecture. Je portais les vêtements de Marianne, que j'avais adoptés comme uniforme. J'allais ensuite me coucher, courant tranquillement sur des routes rectilignes jusqu'au sommeil.

J'avais suivi ce scénario, la veille ; pourtant, mon corps se révoltait, menait une bagarre contre un démon que je ne parvenais pas à identifier. Je me sentais vidé de toute énergie. On a sonné de nouveau. J'ai décidé de rester sagement assis dans mon fauteuil. Ce pouvait être des témoins de Jéhovah ou encore un employé d'Hydro-Québec venu lire mon compteur, des enfants attirés par les lions, un client intéressé à visiter le Palais. Je me trompais.

Simon était à la porte et il ne faisait pas que sonner, il me demandait d'ouvrir, m'appelant par mon nom, disant que c'était important. Il savait que j'étais là. J'ai été surpris. Avait-il commencé à me surveiller à son tour ? Je me suis levé lentement. Je suis passé d'abord par ma chambre vérifier que la porte de la garde-robe était bien fermée, puis je me suis avancé en titubant vers l'entrée.

Je pouvais voir son ombre, derrière la porte. Il était agité. Et quand enfin j'ai ouvert, inquiet de ce qui pouvait se produire, Simon m'a à peine regardé et s'est rendu dans la salle à manger. Je l'ai suivi, silencieux, jusqu'à la table. Il s'est assis sur une des petites chaises, et j'ai compris sur le coup ce qu'il y avait de surréaliste à vouloir s'installer autour d'une table basse quand on fait plus de six pieds. Et l'effet devait être amplifié quand je l'ai rejoint et qu'à mon tour je me suis assis, deux géants repliés sur eux-mêmes, les genoux au menton, les bras trop longs abandonnés sur la table, le dos voûté, la tête penchée en avant, et la nausée qui lentement a fait son chemin jusqu'à ma gorge, causée par l'air menaçant qu'il avait adopté pour me regarder.

— Pourquoi as-tu fait ça ? Depuis quand le fais-tu ?

— Je ne sais pas de quoi tu parles.

— Et dire que, d'une certaine façon, je te faisais confiance. Un ange apparu juste au bon moment, pour me rassurer sur mon existence. Ton histoire m'a ému. Grâce à toi, j'ai pu penser à autre chose, mettre de la distance entre France et moi, remplir le vide avec de l'encre. Et j'ai fait du bon travail. Ma série de dessins est bonne. Pendant nos séances au Palais, j'ai eu l'impression de me réinventer, d'exister à nouveau. Et là, cette nouvelle vie n'est plus qu'un gros ballon qui vient de crever à son tour. Tu ne comprends pas ?

J'étais bouche bée. Il m'accusait d'un crime qui défiait mes forces. Qu'avais-je bien pu faire depuis mon aveu ? Avait-il appris que je connaissais Marianne ou encore William ? Ce devait être cela. Tout au long de nos rencontres, il avait cru que j'étais totalement étranger à son univers et il venait d'apprendre que je n'étais pas là que pour lui, mais pour son père aussi. Je devais avoir commis le pire des péchés. Je n'étais plus un étranger, j'étais un lien de parenté déguisé, et soudainement révélé.

— Si tu ne comprends pas, demande-moi ce que j'ai fait hier soir.

— Pourquoi ?

— Demande-le-moi, tu verras.

— ...

— Tu sais, ça ne me surprend pas. Il n'y a que toi pour refuser la vérité. Pourtant, tu devrais le savoir. Et qu'est-ce que je faisais l'autre soir et le soir d'avant encore, et tous les autres soirs depuis je ne sais quand ?

— ...

— Je vais te le dire. Je suis resté chez moi, hier soir. Et chose étonnante, je n'avais pas envie d'allumer les lumières. Je voulais être dans le noir, même chez moi. Je voulais me déplacer dans les pièces à tâtons, frapper les meubles, sentir de mes mains les aspérités des murs, leurs textures, retrouver mon chemin sans repères, sans lumière sauf pour celle qui entrait par les fenêtres. Et je me suis arrêté longuement dans ma chambre. J'en ai fait le tour, essayant de retrouver les odeurs, de me souvenir de mes nuits d'amour. Je me suis assis là où se trouvait auparavant le miroir, tout près de la commode.

— …

— Tu ne dis rien ? Tu fais bien. J'étais assis là et, après un certain temps, j'ai ouvert les yeux. Qu'est-ce que j'ai vu ? Non pas le visage de France, partie pour de bon, mais le tien. Sur le coup, j'ai cru rêver. Je me suis dit que j'avais des visions. Ton visage venait de m'apparaître, à travers la fenêtre, sur le mur de l'autre côté de la ruelle. Il ne s'agissait pas d'une apparition floue ; au contraire, ta face était nettement dessinée. Et elle me regardait, j'en étais certain. J'ai fermé les yeux quelques instants et quand je les ai ouverts de nouveau, ton visage avait disparu. Il ne restait plus qu'une petite tache de lumière ronde, une lumière tamisée, orangée. Je trouvais intéressant, dans mon état d'esprit, que ton visage apparaisse au moment où celui de France s'évanouissait. Car, même dans le noir, j'avais de la difficulté à conserver intacte l'image de son corps et de sa tête. Je pouvais me répéter quelle était la couleur de ses cheveux, mais je n'arrivais plus à les voir. Non seulement elle m'avait quitté mais elle était même en train de partir de mon esprit, ne laissant plus derrière elle que des mots. Et, dans cette disparition graduelle de ses traces, ton visage m'est apparu, sans mots pour le dire, une image parfaite, faite de lignes et de cercles, presque matérielle. Étais-tu réellement cet ange que j'avais imaginé ? J'y ai cru tout à coup et j'y croirais encore, si tu n'étais pas réapparu dans l'œil-de-bœuf, sirotant un jus avec une paille.

— …

— Je n'avais pas eu de visions, dans le noir de ma chambre, pas de Visitation m'annonçant une résurrection ; j'avais simplement intercepté ton regard…

Ma poitrine s'est comprimée, et j'ai attrapé un étrange torticolis. Je ne parvenais plus à me concentrer, à écouter et à accepter ce que Simon m'expliquait. Il y avait quelque chose d'irréel dans ce qu'il disait et je ne pouvais le rattacher à ce que j'avais fait. Ce n'était pas moi, il devait se tromper ; mais en même temps, ça ne pouvait être que moi car il y avait bien une garde-robe dans la chambre de Jeanne dont la petite fenêtre donnait sur la chambre à coucher de Simon. Il devait mentir, mais je savais qu'il disait la vérité, que ce visage qu'il avait vu était le mien. Je n'avais jamais mis en mots aussi drus ce que je faisais et, tels que présentés par un Simon hors de lui, ces mots ne ressemblaient pas du tout à ce que j'avais entrepris. L'écart m'assommait. Mes avant-bras me faisaient mal, j'ai voulu desserrer les mains, les ouvrir si possible et offrir mes paumes en signe d'innocence.

— J'ai pris du temps à comprendre ce que j'ai vu. Sur le coup, j'ai pensé qu'il s'agissait d'une blague, que par un jeu d'optique complexe, des miroirs, une porte ouverte, je parvenais à te voir buvant un jus, dans ton lit ou à ton pupitre. Mais non. Il n'y avait pas de miroir, il n'y avait plus de miroir. Ce n'était pas moi qui te regardais, mais toi qui le faisais depuis ta fenêtre. Le hasard voulait simplement que je m'en rende compte, que je ne sois plus uniquement l'observé.

— …

— Sais-tu ce que cela fait de se savoir épié, dans ses moindres gestes, de savoir que sa vie est l'objet d'un examen continu, d'une obsession ? Quand j'ai compris ce qui se passait, ma première réaction a été de me précipiter chez toi et de te prendre en flagrant délit. Mais je n'étais pas capable de bouger. Je suis donc resté assis dans mon coin à t'observer me regarder et ne rien voir. Mais que faisais-tu ? Il n'y avait pas de lumière, tu ne pouvais même pas savoir si j'y étais ou non… Tu regardais ma chambre obscurcie ou encore la cuisine tout aussi noire et tu étais content… Quelqu'un t'a-t-il payé pour me surveiller ? Ce n'est pas possible. Je ne vaux rien, je ne travaille pour personne d'important ou de dangereux, c'est totalement inutile. Pourquoi regardais-tu s'il n'y avait rien à voir ?

— Par habitude…

J'avais réussi à parler, à dire deux mots. Mais, en même temps, il n'y avait rien à répondre. Ce que j'avais fait ne se justifiait pas. Je ne pouvais que laisser Simon parler, attendre qu'il s'arrête, qu'il s'en aille, pour enfin aller me coucher ou peut-être même me rendre tout de suite à l'hôpital, en avance pour ma prochaine dialyse. Je sentais que j'en avais besoin. Les propos de Simon m'empoisonnaient. Chaque phrase injectait une substance toxique dans mes veines.

— Par habitude… Le manège dure depuis longtemps ? Avant nos séances ? J'ai l'impression d'avoir été dévalisé. Je ne suis plus chez moi dans ma maison. Tout a été sali…

À son tour, il s'est immobilisé. Sa colère semblait s'être quelque peu résorbée, remplacée par une tristesse qui striait son front. Il m'a regardé, puis a fermé les yeux. Je craignais qu'il n'ait lui aussi une crise.

« Tu es un monstre », a-t-il proféré, et il s'est rué sur moi. Nous nous sommes battus. Il m'a donné des coups, au visage et au ventre, sur les bras et les jambes, dans le dos. Je suis tombé. Il a continué avec ses pieds. Il criait en même temps qu'il frappait. Je n'arrivais pas à répondre. Je me protégeais le visage des mains. J'ai cru voir, à un moment, une lame, un couteau ou une hache, pourtant je n'ai senti aucune lacération de ma peau.

La mort doit ressembler à ce rêve qui m'a gagné, tandis que Simon continuait à me frapper. J'étais sur le sol, incapable de retenir ma conscience, de la garder en place, elle qui s'aventurait du côté du Colorado où elle revivait ses deuils les uns après les autres.

Quand je me suis réveillé, j'ai regardé ma montre, nous étions le lendemain matin, à l'aube. J'étais déboussolé.

J'avais dû dormir d'un sommeil profond. J'avais mal partout, mes muscles étaient tendus. Ma première pensée est allée à la dialyse dont j'avais besoin. Ma seconde, au lieu où j'étais. Je reposais sur le plancher de la garde-robe. En partant, Simon avait dû m'y transporter, pour me rappeler ma faute.

Je me suis levé et j'ai tenté de sortir. La porte n'a pas voulu s'ouvrir. La poignée ne tournait plus et la porte ne bronchait pas. J'étais prisonnier dans ma garde-robe. Ma première réaction a été d'en rire. C'était un bon coup. Je le méritais. Bientôt pourtant la panique s'est installée. La porte n'avait pas de serrure, elle ne pouvait être fermée à clé. Si elle ne s'ouvrait pas, quelque chose devait la bloquer, un meuble, le lit, la bibliothèque de Jeanne. J'ai essayé de la forcer à s'ouvrir, en poussant de toutes mes forces. Simon avait confisqué l'escabeau. Je me suis appuyé contre le mur et j'ai poussé, mes deux mains tout près de mes yeux. Je me suis retourné pour pousser avec mon dos, les jambes pliées et les pieds contre le mur du fond. J'ai donné des coups d'épaule, des coups de pied, de poing, de tête même, qui m'ont fait perdre l'équilibre. Il n'y avait rien à faire. La porte était fermée, irrémédiablement fermée, bloquée par la colère.

J'ai entendu un bruit lointain et je me suis demandé si Simon était encore dans l'appartement. Il pouvait ne pas être parti, cherchant dans mes affaires des signes de ma surveillance, des photos, des notes sur ses actions, la description de ses habitudes. Je n'avais rien fait de tout cela, mais il ne le savait pas. J'ai donc commencé à l'appeler, à lui demander de me sortir de là. Il ne répondait pas. Était-il là? Mon imagination disait que oui, que ce n'était pas possible de partir en me laissant ici, sans eau ni nourriture; mes sens par contre me disaient que non. Les bruits que j'entendais étaient les craquements ordinaires de la mai-

son, ceux qu'on entend même en l'absence de tout mouvement et qui effraient les enfants, la nuit. J'ai dégagé ma
lucarne. Et j'ai compris que je n'avais rien à attendre de
Simon. Il n'était pas là, il devait avoir quitté le Palais peu
de temps après m'avoir enfermé. Dans les fenêtres de la
chambre à coucher et de la cuisine, il avait collé de grands
morceaux de carton.

J'étais dans le pétrin. Je ne pouvais même pas briser la
vitre de la petite fenêtre, qui était scellée et faite pour
résister aux intempéries. J'étais pris. Si encore j'avais eu la
force de crier, de me débattre, on aurait fini par m'entendre. La maison était bien isolée, mais il devait être
possible de libérer quelqu'un qui s'époumone, qui crie à
l'aide à tue-tête, qui frappe contre les murs. Je n'avais pas
cette force. En fait, je me sentais de plus en plus faible. Mon
sang s'alourdissait de substances toxiques. J'en sentais déjà
les effets, mes pensées étaient de moins en moins prévi-
sibles. J'avais de la difficulté à rester debout, l'effort m'es-
soufflait. Je devais m'asseoir au fond de la garde-robe pour
économiser mes énergies. Et c'est là, sur la petite planche
servant à ranger les chaussures, que j'ai décidé d'attendre
mon heure, qui ne serait pas longue à venir.

❏

Je me suis mis à rêver. Une fois de temps en temps, la
sonnerie du téléphone retentissait. Et je me plaisais à
imaginer Simon à l'autre bout du fil, se demandant si
j'avais réussi à sortir, si j'avais appelé la police. Mais je ne
l'aurais jamais fait. Je comprenais son geste, qui était une
juste peine pour le mal que je lui avais causé. Puis, la sonnerie arrêtait et mes pensées traversaient l'espace de mon
Palais pour rejoindre mes souvenirs, ce passé que je tiens
au loin et qui revient me hanter quand je n'ai pas la force

de résister. Je me suis inventé des histoires que je n'écrirais jamais, des récits où les corps se toucheraient enfin, où les pages ne suffiraient pas à décrire la joie d'une peau contre l'autre, ses cheveux dans mes doigts et ses tatous contre la paume de ma main.

Et si le téléphone sonnait de nouveau parce qu'une infirmière de l'hôpital s'inquiétait de mon absence, du retard que je prenais dans mes dialyses, retard inadmissible qui entraîne la mort, retard qui transforme le patient en une loque humaine, complètement acidifiée, le ventre gonflé, la tête vide et la peau qui acquiert une nouvelle couleur, un gris cendré qui commence par les extrémités et qui se communique à tout le corps ?

L'un de mes rêves, celui qui a fini par occuper tout le champ de ma conscience, réunissait Marianne et William, qui désirait enfin retrouver son fils. Et je me portais volontaire pour les mener jusqu'au domicile de Simon. Nous marchions à travers les rues du Plateau Mont-Royal et je leur décrivais la vie de Simon, son appartement, la disposition des pièces, sa table à dessin, les croquis qu'il avait faits du Palais des nains, les portraits du roi et de la reine, les miens. Je leur expliquais comment j'étais devenu une part essentielle de la vie de Simon, de son art. Le fils retrouvait enfin son père abandonné et je devenais graduellement leur héros, celui par qui les torts étaient réparés, la justice enfin rétablie.

En fait, dans mon réduit, je me suis promis, si jamais la porte s'ouvrait avant que mon sang ne se soit transformé en ammoniaque, de réaliser ce rêve. Je réunirais le père et le fils, je briserais le mur de silence qui s'était érigé entre les deux. C'était le vœu de Simon, qui ne savait plus comment reprendre contact, celui aussi de William qui se sentait exilé à l'intérieur même du parc La Fontaine. Cela valait bien une mort minable dans une penderie vide.

Je ne sais pas combien de temps je suis resté dans ma minuscule prison, à mourir de l'intérieur et à me conter les divers épisodes de la réconciliation, mais quand la reine des nains et sa fille m'ont trouvé, ma peau avait atteint une jolie teinte et je délirais. Le téléphone qui sonnait régulièrement, c'était Paisley, qui avait à tout prix besoin de la photographie de l'intronisation de son mari, de même que de la plu part des autres photographies et coupures de presse qu'elle avait laissées sur les murs. Simon lui avait téléphoné et il disait vouloir compléter sa série de dessins avec des reproductions. Il commençait bientôt un nouveau travail et lui avait demandé de les voir le plus tôt possible. Voilà pourquoi, voyant que je ne répondais pas au téléphone, elle avait décidé, avec Jeanne qui voulait me revoir, de venir au Palais. Tout était en ordre, sauf la vaisselle qui était vieille de plusieurs jours et le remue-ménage dans l'ancienne chambre de Jeanne. Le lit, la bibliothèque, tout ce qui avait pu être déplacé avait été plaqué contre la porte de la garde-robe. Elles s'étaient donc approchées et avaient cru entendre un étrange sifflement venant du réduit, une parole en partie étouffée et perdue. Intriguées, elles avaient déplacé les meubles, soulevé la bibliothèque, traîné le lit et dégagé la porte, qui s'était ouverte pour présenter mon long corps, replié sur lui-même et tout bleu. Un corps sans chaleur, presque sans vie, avec un visage qui regardait dans leur direction sans voir quoi que ce soit et une bouche qui travaillait toute seule, formant des mots qu'elles ne comprenaient pas, sauf un, répété régulièrement, que l'ambulancier a aussitôt reconnu et qui a orienté son choix de traitement. Si j'avais pu, j'aurais caressé la machine qui vidait mon sang de ses impuretés. Mais je n'en avais pas la force. Je ne pouvais que la regarder pomper mon sang dans ses tuyaux transparents.

J'avais survécu à la garde-robe et à ces longues heures passées à me raconter des histoires à dormir debout. J'avais passé quelques jours à l'hôpital, mais tout était rapidement revenu à la normale. Mes médecins n'étaient pas contents, ils m'avaient fait des remontrances, comme à un petit enfant qui n'entend rien à rien. À mon retour, je n'ai pu résister à la tentation de regarder à travers la lucarne, mais l'accès à l'appartement de Simon m'était toujours interdit, ses fenêtres bouchées par du carton et de lourdes tentures. Je ne savais pas qu'il n'y était plus.

Nous nous sommes avancés lentement, William et moi, jusqu'à l'entrée du Palais des nains. Nos pas étaient petits, nos gestes brouillons. C'était étrange de nous retrouver seuls après une nuit entière passée avec Marianne et Xa. Leur présence avait été réconfortante. Notre groupe avait fini par se souder, malgré les tensions et les divergences. Nous étions devenus un, face aux épreuves du parc, les statues, les patineurs et les sentiers qui bifurquaient. Mais nous avions échoué dans notre mission et le groupe s'était scindé. Marianne voulait partir au bout du monde avec Xa et je devais rester, isolé et malheureux. Au moins, avant de partir, elle m'avait donné l'envie de reprendre ma vie en main. Et il n'avait fallu qu'un seul baiser.

On voyait, sur notre gauche, se profiler le faîte des arbres du parc. Le matin se répandait, avec sa lumière et ses bruits. Nous étions revenus à la ville, au ciment de ses trottoirs. Les ombres s'effaçaient et le quotidien reprenait ses droits. Nous étions déphasés.

Je craignais mon retour au Palais. Trop d'événements s'étaient produits ces derniers temps pour que je m'y sente à l'aise. J'espérais seulement que le passage de William ne s'inscrive pas dans cette série. Il allait bien vite marcher sur les traces de son fils. Mon ventre ne savait plus quel borborygme inventer.

Les lions nous attendaient avec leur sourire énigmatique. J'avais dû oublier d'éteindre les lumières en partant, car l'Hôpital des poupées était éclairé. On voyait des têtes dépasser des étagères, des membres minuscules, des cheveux tressés. Je me sentais de plus en plus comme elles, disloqué, amer et abandonné. Je me serais assis à leur côté une dernière fois et je leur aurais conté ma propre histoire, avec ses dérives et ses ratures.

J'ai aidé William à monter les dernières marches et j'ai ouvert la porte. L'idée de revenir au Palais des nains, après toutes ces années, l'intriguait.

— J'étais déjà venu avec Simon, quand il était jeune. Il avait eu très peur. Il n'aimait pas les nains. Leur taille l'inquiétait, la forme de leur corps, de leur tête, la largeur de leurs épaules. Il était même allé se réfugier dans une des pièces du fond.

— C'est ma chambre.

— Il avait fallu le faire sortir de force. La démesure le faisait frémir. Il s'était fermé les yeux jusqu'à la sortie. Il y a des choses qu'il vaut mieux ne pas voir.

William s'est mis à inspecter les lieux avec une minutie surprenante. Dans l'Hôpital des poupées, il a touché à tout du bout des doigts. Je l'entendais marmonner. On aurait dit des phrases vieilles d'une vingtaine d'années. Il redonnait un nom à chaque chose qu'il voyait. Ceci est une poupée ; cela, une machine à coudre.

Il a pris le couloir qui mène au salon. Je l'ai suivi religieusement. Les ombres étaient menaçantes. Je soufflais lourdement. William ne s'apercevait de rien, attentif au spectacle du Palais. Les photographies du roi et de la reine des nains avaient été retirées des murs. C'était le prix de ma libération. Il ne restait, en fait, qu'un seul portrait sur le mur, celui qu'avait fait Simon. Il avait tenté de le détruire, dans sa colère. La vitre avait volé en éclats, son cadre avait été tordu sous l'impact, mais le dessin était intact. Il l'avait projeté de toutes ses forces et Jeanne l'avait retrouvé derrière la porte d'entrée. Elle s'était empressée de le remettre à sa place, malgré les dégâts. Le dessin tenait tant bien que mal dans son cadre, tel un vieux parchemin. Les bords étaient repliés, les coins déchirés, la signature avait disparu, mais le reste était intact.

— C'est ce dessin que je voulais te montrer. Il ne fait pas partie de l'exposition.

J'ai regardé le dessin et j'ai cru remarquer que ma figure commençait à s'estomper, comme le Jardin des merveilles l'avait fait au parc La Fontaine. Déjà, l'imprimé de la chemise s'était atténué et les traits de mon visage se dissipaient. Le passé ne reste pas stable. Sous la pression des événements, il s'étire pour adopter de nouvelles formes. Sous le regard de William, les contours du mien commençaient à se désagréger.

— C'est beaucoup moins beau que dans mes souvenirs. J'avais l'impression qu'il y avait plus de pièces et que leur grandeur variait. Le mobilier aussi, il y avait une opulence que je ne retrouve plus. Après toutes ces années, j'avais imaginé un Palais féerique, digne des contes pour enfants. C'est triste, ici. Il n'y a pas de vie. Ça sent le souvenir rance. Comment fais-tu pour y vivre ?

William avait passé les pièces en revue et il est était déçu. Mon Palais des nains n'était pas à la hauteur. Il avait espéré une architecture exubérante, des tentures d'un velours riche et ondoyant, des chaises baroques et du mobilier rococo, des tapis persans aux motifs élaborés, des arabesques et des diamants ; et il ne trouvait que des meubles fatigués et des tissus usés. Le papier peint du salon était déchiré par endroits, la table de la salle à manger était égratignée et sans lustre. Les rouges étaient ternis, les bourgognes sales et les verts délavés. Dans la cuisine, des portes d'armoire ne fermaient plus, certaines tuiles de la salle de bains étaient brisées, le miroir à l'entrée était craqué. Les fissures des murs devenaient apparentes à son passage,

comme les imperfections des boiseries. Le plafond s'affais-
sait un peu partout et la peinture était écaillée. Des
planches grinçaient sous son poids et même le lustre paraissait incongru avec ses ampoules brûlées et sa verroterie
jaunie. On pouvait entendre le bruit de la chasse d'eau qui
coulait. Une odeur désagréable de bois humide et de vieux
papiers émanait du secrétaire. Une table basse était bancale
et mon fauteuil de l'oubli était défoncé au centre. Même le
jaune de la chambre de Jeanne paraissait maintenant
délavé. Le cuivre était recouvert de vert-de-gris et l'argen-
terie était ternie.

La magie du Palais s'était évanouie au fur et à mesure
que William l'avait visité. Avait-il posé ses yeux sur une
antiquité, conservée jalousement par les propriétaires des
lieux, elle était redevenue la vieille chose sans valeur
qu'elle n'avait jamais cessé d'être. Il ne disait rien, mais son
jugement était sévère. Et rien n'y résistait. Mon Palais était
un musée défraîchi et sans vie.

Il m'a regardé et je me sentis nu, désarmé, puéril. Ma
chemise était tachée, mes cheveux dépeignés et mes ongles
noircis. Qu'est-ce que je faisais là, dans ce Palais démodé ?
Qu'attendais-je de ces meubles vétustes ? J'ai compris à ses
yeux qu'il était temps que je quitte ce lieu, que je l'aban-
donne à ses poupées disloquées et à leurs souvenirs dou-
loureux. Je n'avais plus rien à tirer de ma garde-robe et de
son œil-de-bœuf, qui devaient retourner à leur fonction
première. Je n'étais plus fait pour vivre ici.

La seule chose de belle à ses yeux, dans tout le Palais,
était le dessin à l'encre qui me représentait. Malgré l'état du
cadre et les déchirures, on pouvait sentir la force du geste,
l'assurance du regard. Le reste, mieux valait l'oublier.

« J'aimerais maintenant me reposer », a-t-il avoué ; je
l'ai amené dans la chambre des maîtres et je l'ai couché sur
le lit de Charles et Paisley Nœssos. Le sommier a grincé, le

matelas paraissait dur, mais les couvertures étaient moel-
leuses. Il s'est installé au milieu. Les rideaux étaient tirés,
sa respiration était rauque. Il a voulu une cigarette et je n'ai
même pas pu lui en offrir une. Nous avions tout con-
sommé. Notre haleine sentait l'alcool.

Ses pieds dépassaient du lit et je lui ai enlevé ses chaussures. Je n'ai pas osé retirer ses chaussettes. William a
fermé les yeux, un léger sourire au coin des lèvres. Je me
suis assis sur le bord du lit, à ses côtés, et il a déposé sa
main sur ma cuisse. Il a serré légèrement. J'ai voulu aller
lui chercher une compresse d'eau froide pour sa tête. Mais
je ne suis pas arrivé à me lever. J'étais léthargique et tentais
de retenir mes larmes. J'avais un père près de moi et je ne
voulais pas le perdre.

— J'ai tout raté. Personne ne peut le comprendre.

— Ce n'est peut-être pas nécessaire.

— Simon. Je voulais que vous soyez réunis. Mais il est
parti. La traversée du parc devait servir à ça. Et c'est raté.
C'était ma chance. Il est trop tard.

William s'est relevé légèrement, pour me regarder. Son
sourire m'a dit de me taire, de ne pas m'en faire avec cette
histoire. Il ne savait rien encore de ma dette, de mon
drame, de mes culpabilités ; mais ses yeux me donnaient
l'absolution.

Je suis resté assis près de lui. Je ne voulais pas m'éloigner. William s'est assoupi et il s'est mis à rêver à un feu, le
tir groupé des pompiers, la chaleur des flammes contre ses
pieds, qui lui léchaient les chevilles, petites flammes bleues
qui percent la peau, la plante des pieds qui se contracte, les
orteils qui se décollent, les mollets qui faiblissent. Je ne
parvenais pas à le calmer. Il suait à grosses gouttes.

Je me suis approché de sa tête, je l'ai soulevée avec mes
mains, pour déplacer les oreillers, et d'un geste précis j'ai
essuyé son front. J'ai agi sans aucune hésitation, comme si

j'avais toujours su comment faire. D'une façon naturelle, sans aucune arrière-pensée. Ça devait faire partie de ces choses qui existent entre un fils et son père. Cette spontanéité m'a dépassé. Elle déjouait, en fait, toutes mes attentes. Je me suis endormi à côté de lui, pelotonné dans un coin du lit.

Au réveil, j'étais encore en boule, à la droite de William. Je me sentais comme dans le dessin de Simon. L'air était chaud et une agréable odeur de vanille me chatouillait le nez.

William s'est réveillé et il a voulu aussitôt partir. Nous nous sommes rendus tous les deux à l'hôpital Notre-Dame en taxi. Nous n'avons pas parlé. Il n'y avait plus rien à dire. La voiture a suivi la rue Rachel, pour traverser le parc par l'avenue Émile-Duployé. Les terrains de tennis étaient tous occupés. Le troisième banc de l'allée centrale était vide. Le monument au général de Gaulle penchait un peu plus que de coutume. Le chauffeur nous a laissés à la porte principale. J'ai payé sans demander la monnaie. Nous sommes entrés. J'ai serré William dans mes bras et, au moment de nous séparer, je lui ai remis une enveloppe. Elle était cachetée. Il ne devait l'ouvrir qu'après son opération. J'y avais glissé le dessin de Simon. Il lui revenait de droit.

Je suis allé faire ma dialyse. J'avais une envie irrésistible de boire quelque chose de froid, de l'eau avec de la glace. Au moment de me brancher à la machine, j'ai regardé mes deux pieds et me suis trouvé chanceux. Malgré mes écarts de conduite et les reproches du corps médical, j'étais toujours en vie et sur la liste pour une greffe. J'aurais droit à un nouveau rein. Ce n'était qu'une question de temps.

Les infirmières ont voulu savoir ce que j'avais encore fait. J'avais pris en une seule nuit un mois de retard, mon sang n'était pas sale mais taché, comme si de l'encre y avait

été versée. C'était la deuxième fois en moins d'un mois.
J'avais, en plus, réussi à me fendre la tête, un vrai gamin. Je
n'ai pas répondu. Je voulais qu'on me laisse en paix. J'avais
besoin d'espace et de temps pour digérer ce qui venait de
se passer.

Il était temps que je mette un peu d'ordre dans le
brouillon qu'avait été ma vie. J'ai repensé à l'article du
National Geographic. Les montagnes ne bougent pas, elles
vieillissent et s'arrondissent, mais restent attentives au
hurlement des loups. C'est par là qu'il fallait commencer.
Les leçons de la vie ne s'apprennent pas aisément ; on ne
trouve pas le ton qui convient dès les premières pages,
mais on peut y travailler, un stylo à la main. La voix se
cache parfois sous les reins.

Je me suis déplacé pour atteindre un téléphone. J'ai
composé le numéro des Nœssos. La reine a répondu et je
l'ai informée que je ne retournerais plus au Palais. Mon
séjour avait assez duré. Elle n'a pas paru surprise. Nous
avons parlé de tout et de rien. Puis, au lieu de raccrocher,
j'ai demandé de parler à Jeanne.

Dans la même collection

Donald Alarie, *Tu crois que ça va durer ?*

Aude, *L'homme au complet.*

Marie Auger, *Le ventre en tête.*

Marie Auger, *Tombeau.*

André Brochu, *La vie aux trousses.*

André Brochu, *Le maître rêveur.*

André Brochu, *Les Épervières.*

Denys Chabot, *La tête des eaux.*

Anne Élaine Cliche, *Rien et autres souvenirs.*

Hugues Corriveau, *La maison rouge du bord de mer.*

Hugues Corriveau, *Parc univers.*

Claire Dé, *Sourdes amours.*

Guy Demers, *Sabines.*

Danielle Dubé et Yvon Paré, *Un été en Provence.*

Bertrand Gervais, *Tessons.*

Mario Girard, *L'abîmetière.*

Louis Hamelin, *Betsi Larousse.*

Sergio Kokis, *Errances.*

Sergio Kokis, *L'art du maquillage.*

Sergio Kokis, *Negão et Doralice.*

Sergio Kokis, *Un sourire blindé.*

Claude Marceau, *Le viol de Marie-France O'Connor.*

Marcel Moussette, *L'hiver du Chinois.*

Paule Noyart, *Vigie.*

Jean Pelchat, *La survie de Vincent Van Gogh.*

Daniel Pigeon, *La proie des autres.*

Hélène Rioux, *Le cimetière des éléphants.*

Hélène Rioux, *Traductrice de sentiments.*

Jocelyne Saucier, *La vie comme une image.*

Gérald Tougas, *La clef de sol et autres récits.*

André Vanasse, *Avenue De Lorimier.*

DANGER

LE
PHOTOCOPILLAGE
TUE LE LIVRE

Cet ouvrage
composé en Palatino corps 11,5 sur 14,5
a été achevé d'imprimer
en septembre mil neuf cent quatre-vingt-dix-neuf
sur les presses de
AGMV/Marquis,
Cap-Saint-Ignace (Québec).